特選ペニー・ジョーダン

情熱は罪

ハーレクイン・マスターピース
東京・ロンドン・トロント・パリ・ニューヨーク・アムステルダム
ハンブルク・ストックホルム・ミラノ・シドニー・マドリッド・ワルシャワ
ブダペスト・リオデジャネイロ・ルクセンブルク・フリブール・ムンバイ

FORGOTTEN PASSION

by Penny Jordan

Published by Harlequin Japan, a Division of K.K. HarperCollins Japan, 2024

ペニー・ジョーダン

1946年にイギリスのランカシャーに生まれ、10代で引っ越したチェシャーに生涯暮らした。学校を卒業して銀行に勤めていた頃に夫からタイプライターを贈られ、執筆をスタート。以前から大ファンだったハーレクインに原稿を送ったところ、1作目にして編集者の目に留まり、デビューが決まったという天性の作家だった。2011年12月、がんのため65歳の若さで生涯を閉じる。晩年は病にあっても果敢に執筆を続け、同年10月に書き上げた『純愛の城』が遺作となった。

主要登場人物

ライザ・ヘイワード……さし絵画家。
ロビー……ライザの息子。
マイク・ピーターズ……ライザの友人。医師。
ローク・ヘイワード……ライザの夫。ホテルチェーン経営者。
リー・ヘイワード……ロークの父。ライザの亡き母の再婚相手。
ヘレン・ダンバー……ロークの女友だち。
ケイス……家政婦。

1

玄関のチャイムが鳴った時、ライザはようやく張り終えた壁紙のあと始末に悪戦苦闘しているところだった。体についていた切れ端を苦心して引きはがし、踏み台を下りて、思いがけず長くかかってしまった仕事の出来具合をちらりと確かめると、両手についた糊《のり》をジーンズになすりつけながらドアに向かった。

予期せぬ訪問者が誰なのか、見当はついている。きっと最近隣に越して来たジャニスだろう。ライザが数年前ロンドン東部にこの小さな家を買った時には、このあたりはさして有名でなく、だからこそ地価も安くてライザにも家が買えたのだ。が、近ごろではここもファッショナブルな町となり、いわゆる進んだ夫婦たちが続々と集まり始めていた。それはそれで結構なことだが、この新しい隣人にはいささか閉口させられている。

ジャニスはご主人が忙しくてめったに家に帰らないらしく、夜になると何かと口実をつけては遊びに来るのだ。夜はライザにとって最も貴重な時間だった。子供向けの雑誌や童話のさし絵画家という職業柄、昼間はなかなか仕事に集中できない。それにロビーがすぐに幼稚園から帰って来るし、そうなればあとはこの利発で元気のいい息子に振りまわされっぱなしになる。仕事はしないわけにはいかなかったから、ロビーが寝てからの夜の時間を利用するようにしてきたのだ。夜ならば集中的に仕事ができる。

またもや横柄にチャイムが鳴らされた。ライザはため息をついて階下に下りた。

玄関のドアをあけると、十一月の宵闇《よいやみ》の中に肩幅の広い長身の男が立っていた。ライザは相手が口上を述べる前に、とっさにドアをしめようとした。なんのセールスだか知らないが、相手をしている暇はない。だが男のほうが一瞬早くドアに手をかけ、強い力で無理やりドアをあけた。その顔が屋内のあかりに照らされて目の前にうかびあがると、ライザは息をのんで思わずあとずさりした。

「ローク！」激しい驚愕《きょうがく》に打たれて、ライザの目が見開かれる。

「そのとおり」ロークの返事は簡潔だった。だが彼の目は昔と変わらなかった――カリブ海と同じ深いターコイズ・ブルーの目は、不躾《ぶしつけ》にライザの全身を眺めまわし、胸のふくらみの上でとまった。

ライザは緊張感に襲われ、息をつめていた。いや、緊張の度合いは昔の比ではない。今のライザにはこの男の出現に体を硬くして恐れおののく理由があのころ以上にあった。思わず肩にかかるブロンドの巻き毛に手をやる。

「そんな仕種《しぐさ》は相手を見てするんだな」ロークが冷たい目でライザを見つめ、ひややかに言い放った。「僕はそのなまめかしいブロンドの感触を知っているんだ。今さら改めて僕の注意を髪に引きつけようとすることもないだろう？」

ライザは怒りのあまり、体じゅうの血がわきたつような思いがした。しかし、そんなつもりでしたことではないと言い返してもなんになろう。髪に手をやるのは子供の時分からの緊張した時の癖だということは、ロークも知っているはずなのだから。

「なんの用なの、ローク？」

あきらめたようなライザの声音に満足したらしく、ロークは冷笑をうかべてうなずいた。「そう、そのほうが利口だよ。君に話があるんだ、ライザ。君を捜し出すだけでだいぶ時間を無駄にしてしまったから、もうあまり時間はかけられないがね」

「あなたがわざわざ私を捜しに来たなんて驚きだわ」ライザはつぶやいた。ああ、そんなことより、せっかくこの五年間、ロークを思い出すまいと努めてきたのに、一目見ただけでその努力が水の泡になるとはどういうことだろう？　セント・マーティン島に永遠の別れを告げ、ヒースロー空港に飛行機から降りたったあの日から、過去は心の底に押しこめて毎日を生きてきたというのに……。

「やむを得ない事情があったんだ」ロークはきっぱりそう言うと、物柔らかな口調で言いそえた。「中に入れてくれないのかい？　それとも君は観客がいたほうがいいのかな？」

ロークがちらりと目をやった隣家の出窓に、ジャニスが好奇心をあらわにした表情でたたずんでいる。ライザは仕方なくロークに背を向け、居間に通じるドアを開いた。

この部屋もライザが自分で内装を手がけていた。色調は淡いピーチとコーヒー色で明るくまとめてあるが、カーペットも家具も一目で安物とわかるものばかりだった。それはライザ自身わかっていたが、ロークの目にうかんでいる、このあからさまな侮蔑《ぶべつ》の表情はどうだろう！

「たいした変わりようだな」ようやくロークが口を開いた。「どういうことだい、ライザ？　おのれの罪を悔いて、わざとこんなインテリアにしてるのかい？」

ライザは挑発に乗るまいとして唇をかみしめた。かつて何度もくりかえした無益な言い争いを、今また最初からやり直す気にはなれなかった。

「なんの用なの、ローク？」ライザはさっきと同じことを言った。

「はるばる会いに来たのに、お茶も出してはくれないのかい？　ロンドンに着いてから、ずいぶん捜したんだ。銀行に行けば住所がわかると思っていたのに、君は引っ越していてわからないと言われたよ。それに君はこの五年の間、こちらから送金した分に一度も手をつけていなかったんだね。なぜなんだ？」

「必要なかったからだわ」答えながら、ライザは自分の声の平静さに驚いていた。ふと目に入った鏡の中の顔も、自分ながら感心するほど落ち着きはらった表情をしている。

「むろん必要はないんだろうな。養ってくれる恋人ぐらい、いるだろうからね」ロークがせせら笑うように言った。「だが、その恋人にもしばらくの間、君のいない生活を我慢してもらわなくてはならないんだ、ライザ」

「どういう意味？」ライザの胸の動悸《どうき》は激しくなっていた。戦術を誤った、と思った時にはもう遅かった。こんな質問はするべきではなかったのだ。黙っていればよかった。ロークは今、満足そうに冷酷な薄笑いをうかべているではないか。ああ、ロークは私の不安を読み取って喜んでいるのだ。

「心配しなくていい、そう長くはかからないから。リーが死ぬまでの間だけだ！」

目の前が真っ暗になり、ライザは激しい口調で叫んでいた。「まさか！」

リー・ヘイワードは母の再婚相手だったが、母と結婚したその瞬間からライザをまるで実の娘のようにかわいがってくれた大切な人だった。その後、母が死んだ時には、リーの愛情によってずいぶん悲しみが慰められたものだ。当時ロンドンの学校に通っていた十六歳のライザは、失意の彼女を心配して、はるかカリブ海から様子を見に来てくれたリーに、一緒にセント・マーティン島に帰りたいと頼みこんだ。イギリスは寒くてじめじめしているからと、リーに懇願した。カリブの海が、太陽が、そしてリーの優しさがたまらなく恋しかったからだった。

ライザを溺愛《できあい》していたリーは一も二もなく承知してくれた。ああ、そのリーが！　胸をふさぐ悲しみに思わず目を閉じて重い吐息をつく。この五年間、リーのことは考えなかった。考えないようにしていたのだ。まさか死にかけているなんて……。ライザは向かいに腰かけている男の無表情な顔をうかがった。ロークは何も感じていないのだろうか？　そんなはずはあるまい。なんといってもリーはロークの実の父親なのだから。

「芝居はよせよ」ロークがさめた声で言った。「そんな顔をしてみせたって、僕はだまされない。だが、親父《おやじ》にはどうやら君が必要らしい、どういうわけか……」唇はかすかにゆがめられ、目には侮蔑の色がたたえられている。

ロークは不意に立ち上がり、百八十五センチという長身でライザを見おろした。顔はカリブ海の日ざしに焼かれて真っ黒に日焼けして、髪も黒く輝いていた。先祖にはムーア人の血が混じっているとリーから聞いたことがあった。セント・マーティン島は十六世紀にエリザベス一世から拝領して以来、代々彼ら一族の所有となっており、近隣の島々の噂《うわさ》では、海賊だった先祖の一人が裕福なムーア人の商人の娘をさらってそのまま妻にしてしまったということだった。確かにロークのたくましい骨格を見ると、その噂は本当なのかもしれない。ライザもローティーンのころ、彼の一族の歴史に、そして自分より十一歳年上の謎《なぞ》めいたロークという義理の兄に、ひそかに胸をときめかせたのをよく覚えている……。

「リーは……どうなってしまったの？」ライザは現実に返って苦しげに尋ねた。

「君がいなくなってすぐに倒れたんだ。心臓が悪くなる一方で——手術を受ければ五分五分で助かる見こみはあるんだが、君が戻って来ない限り、手術のことを考えてみる気にもなれないそうだ」

〝戻って来る？〟ですって、それは無理だ。あの島に帰るなんて！

「だから僕と一緒に帰るんだ。僕は力ずくでも君を連れて帰る」

「帰ることなんてできないわ！」ライザは思わず天井に目をやった。二階ではロビーが寝ている。ロビーがいる限り、セント・マーティン島には帰れない。

「できないのか、その気がないのか、いずれにしても僕は絶対に君を連れて帰るよ」

リーのことを考えるとライザの胸は痛んだが、ロビーを置いて行くわけにはいかない。ライザはロークの冷たい目を負けずに見つめ返した。「仮に私が島に帰るとしたら、どういう立場で帰ることになるのかしら？　あなたの義理の妹として？　それともあなたの妻として？」

ロークは一瞬押し黙り、怒ったように口もとをゆがめた。「僕の妻だって？　君は断じて僕の妻なんかではなかっただろう！　確かに結婚式は挙げたが、その時には君はすでに別の男のもので、僕との結婚はその隠れみのにすぎなかったんだ。そうだろう？」

「その話はしたくないわ」ライザはやっとの思いで言った。「とにかく帰ってくださらない？　リーに会いたい気持は強いけれど、私は行けないわ」

「何が怖いんだ？　恋人に捨てられることか？　だったら僕がそれ相応のことはしてやる……むろん経済的に、という意味でだ。肉体的なことを言うなら僕は君が地上で最後の女になってしまったとしても、手を触れる気はない！」

ロークに手首をつかまれ、骨の砕けそうな強さでしめつけられてライザは息をつめた。

「君の恋人ならああいう仕打ちを受けても平気なのだろうが、僕はそうはいかないぞ！」その声には激しい憤りがこめられていた。

ライザは恐怖を覚えてあとずさりしたが、後ろは壁だった。ロークは猛《たけ》り狂った獣のように目に憎悪をたぎらせ、息をはずませている。だがライザは弱気なところを見せまいと、挑むような目でロークを見すえた。

ライザの気丈さはロークの怒りを一層かきたてた。彼の体から発せられる異様に緊張した雰囲気から、ライザはそれを感じ取った。ライザも神経が極限まで張りつめて、ひどく息苦しい。

ロークは私を罰する意味で、いつまでもこんなふうにしているんだわ。やるなら、さっさとどうぞ！　ライザは心の中で悲鳴をあげた。こうして至近距離で見つめ合っていると私がどんな気持になるか、ロークはわかっているのだろうか？　あのころ私が彼との結婚をどれほど無邪気に待ち望んでいたか、どれほど彼を独占したかったか、そんなことが思い出されてくる。そして、その結果どれほど絶望したか……。

二人の唇は息のかかる近さにあった。意思に反してロークの唇のこのうえない優しさを思い出し、ライザの口もとは知らず知らずゆるんでいった。だがその顔は青ざめ、長いまつげはかすかに震えている。ロークの顔色と比べると、まるで病人のようである。

奇妙な脱力感がライザをとらえていた。長い間理性で封じこめてきた熱いときめきが、今ためらいがちに頭をもたげ、ライザの体から力を奪っていった。まなざしまでもがしおらしくなっていく。こんな目をしたらロークがどう解釈するか……。でも、もうそこまで頭がまわらない。

ロークの視線がライザの目から唇へと移った。ライザは背すじに震えが走るのを感じた。が、その時、ロークはだしぬけにライザの手を放し、日焼けした顔に冷笑をうかべて一歩しりぞいた。

「だめだよ」ロークはゆっくりと言った。「君の恋人の代役を務めるつもりはない。君も、セント・マーティン島にいる間は欲望を抑えてくれないと困るよ。もう君の食欲を満たしてくれるマイク・ピーターズはいないんだから」

「私は島には戻らないと言ってるでしょう？」ライザが再びそう言った時、さっきから内心ずっと恐れていたことが起こった。ロビーの泣き声だった。

「あれはなんだ？」ロークの表情がかげり、眉がひそめられた。「それじゃ君はあの時の子を産んだんだな？」

「私が処置してしまうと本気で思っていたの？」いざとなれば勇気はわいてくるものだ。ライザはきっぱりと言った。「あなたがほしがらなくても、私はあの子を産みたかったのよ！　私が島に行けないのも、あの子がいるからだわ。あなたのお父様は確かに私にとって、大切な人よ。でも、ロビーをここに一人残して行くわけにはいかないわ」

ロークはライザに背を向けていた。が、体を硬くしているのはわかる。きっと次の瞬間には痛烈な罵《ば》声《せい》を浴びせかけてくることだろう。

ところがロークは落ち着いた口調でこう言った。

「それなら子供も一緒に連れて行けばいいじゃないか」

ライザは驚きを隠しきれなかった。「だってあなたは……あなたは決してあの子を……」

「親父は君を必要としているんだ。君のお母さんが亡くなった時には、君が親父を必要としていたじゃないか。あの時の借りを返してもいいだろう、ライザ？」

「でも、そんな急には……せめて少し考えさせて」

「二十四時間の猶予をやろう」ロークは帰り支度を始めた。「いずれにしても、一週間後には僕と一緒にセント・マーティン島に向かうことになるんだ。ああ、それからさっきの君の質問だが、答えは僕の妻として、ということだ。君は僕の妻として島に帰るんだ」

「でもロビーは？」とライザは言い返す。「ロビーはどういう……」

「君が僕の妻なら、そのロビーとやらは当然僕の子供ということになる。僕の親父を喜ばせるためとあればそれも仕方がない」

「でも……」

「でも、絶対に僕の子であるはずはない、そうだよな？」ロークは意地悪く言った。「だが、僕たちのほかにその秘密を知っている人間はいないんだ。あのマイク・ピーターズでさえ、僕が夫としての特権を享受したと思っていたんだから、まったく不思議な話だよ。君の恋人でありながら、彼は君が僕と結婚するのを平気な顔で認めていた。妙な関係だったな、君たちは……。あの子は……いくつなんだ？」

不意うちの質問だった。

「もうすぐ五歳よ」ライザは唇がかわくのを感じた。ロークは頭の中で計算するような表情をしている。

「やっぱり彼の子供だ。僕と結婚した時には、君はマイク・ピーターズの子を身ごもっていたんだ！」

ライザに向かって低く悪態をつくと、ロークは部屋を出て、帰って行った。

　ライザは呆然《ぼうぜん》と彼を見送ったあと、ロビーの様子を見に、二階に行った。天使のようなロビーの寝顔を見ていると、胸がしめつけられるようだった。〝マイク・ピーターズの子〟とロークはなじるように言った。だが、ロビーは誰がなんと言おうとロークの子なのだ。ロークには自分たちの間に愛の行為があったことが信じられないのかしら？　でもやはりこの子はロークの息子なのだ！

　居間に戻ると、ロークが忘れていった手袋が目に入った。ライザはそれを拾い上げ、ロークが再び自分の前に登場してきたことを呪《のろ》いながら、寝支度を始めた。

ライザが初めてロークへの愛を自覚したのは十六歳の時だった。それは、母を亡くしてイギリスから再びカリブの島へ帰って来たその年だ。セント・ルシア島で英国航空機から小型飛行機に乗りかえ、セント・マーティン島が近づいた時のうれしさは、今でもあざやかによみがえってくる。

当時、カリブ海に点在するホテルチェーンを初めとしていっさいの事業をとりしきっていたのは、ロークでなくリーだった。ヘイワード一族の小さな帝国、セント・マーティン島にはホテルは一軒もなかった。一族が子供を続々とイギリスに送りこみ始めた繁栄の時代に建てられた優雅な屋敷が一軒と、現地人の集落があるばかりだった。彼ら一族は財産を上手に事業に運用してきたので、近隣のほかの島々の所有者たちのように身売りする必要もなく、ずっと贅沢《ぜいたく》な暮らしをつづけていた。

リーと再婚する母に連れられ、六歳で初めてこの島に来た時もそうだったが、十六歳で久々に島の空気に触れた時、安堵《あんど》感と喜びが胸にあふれ、母を失った悲しみをつかの間忘れたものだった。

かつてはロークの乳母も務めた住みこみ家政婦のケイスが、両手を広げて傷心のライザを迎え入れてくれた。まさに、わが家に帰ったという気分だった。ライザの母親はロークの母親よりも、現地の使用人たちに人気があったようだ。ロークの母親はフランス人で、ライザが使用人から聞いたところによると、パリの洗練された雰囲気がいつまでも忘れられなかったらしい。

ロークは自分の母親の後釜《あとがま》におさまったライザの母に対し、面白くない感情を抱いていたのかもしれないが、少なくともそれを表面に出すことはなかった。ライザの母を自分の母と見るには大人になりすぎていたけれども、ライザがリーを心から慕ったように、ロークもライザの母親を好意的に受け入れてくれた。

　ライザの実の父はライザが生まれて六カ月後に病気で死んでいた。だが、母はこの父よりも二人目の夫となったリーのほうをより深く愛していたようだとライザは思っている。

　十六歳で島に戻った時、ともに愛するものを失った悲しみがリーとライザを以前よりも一層密接に結びつけたのはごく自然なことだった。だが、ある日ケイスにやんわりとたしなめられるまで、ライザは自分たちがロークを仲間はずれにしていることに気づかなかった。

「大だんな様はローク様のお父上でもあるんですよ。それに、亡くなられた奥様のことはローク様だってお好きでしたから、悲しみは同じです」

　それ以来ライザはなるべくロークも会話に引き入れるようにした。そればかりかロークを父親と二人きりにしてあげようと、夕食のあと、早めにさりげなく席をはずすようにした。

　あの日の晩もライザは先に席を立ち、ベランダで母が愛用していたハンモックに揺られながら、一人悲しみにくれていた。その日の夕食は特に気づまりだった。ロークがホテルの近代化を口にしたことでリーは不機嫌になり、親子で激論を闘わせていたからだ。

「いつまでも過去に生きるわけにはいかないんですよ、父さん。それに、いつまでもめそめそしているわけにもいかないんだ」ロークはぶっきらぼうに言った。

　ライザはリーにもロークにも同情しながら、そこで席をはずした。リーの気持は痛いほどわかる。かたやロークという男はライザにとってはいまだ大きな謎ではあったが、彼にほほえみかけられると甘美な力でねじふせられたような気がするし、ブロンズ色に日焼けした彼の体を目にすると胸が妙にさわぐのだった。

その感情は自分でも説明がつかなかった。昔からロークをあこがれのまなざしで見ていたものだが、この気持は子供っぽい〝あこがれ〟という言葉だけでは説明できない。ロンドンのクラスメートたちはよくボーイフレンドの話をしていたが、そのころのライザは友人の告白になかばあきれながら、自分はそのようなものと無縁に過ごしていたのだ。

ところがセント・マーティン島に帰ってからのライザは、以前とは違った形でロークを意識するようになっていた。毎朝、食事の前にプールで一泳ぎして水着のまま家に入って来るロークの姿に、そのしなやかでたくましい肢体に、ふと目を奪われてしまう自分を自覚していた。

昔はそんなことはなかったのに、とライザは一人顔を赤らめる。でも、あの男らしい清潔な肌に手を触れるのはどんな感じなのかしら？　彼に抱きしめられ、キスをされるのは……？

「ライザ？」

いつの間にかロークがベランダに来ていた。ライザはびっくりして声のした方向に顔を向け、闇の中に白いシャツがぼんやりうかびあがるのを見た。

「大丈夫かい？　親父は僕たちが口論したばっかりに、君がおろおろしてるんじゃないかと心配している」

皮肉めかした表情をうかべ、尊大なそぶりで腕ぐみをしてベランダにもたれかかったロークに、ライザは思わず言っていた。「でも、あなたは心配していないのね？」

「君はそんなに感受性が強いのかい？」ロークは意地の悪い言い方をした。「第一、君は夕食がすむと必ずここに来てるじゃないか」

「親子で仕事の話をしたいこともあるだろうと思ってのことだわ」ライザは、向こうからこちらが見えるほどはっきりと、こちらからもロークの表情が見えればいいのに、と思いながら返事をした。

島に戻ってからロークとこんなに長く言葉をかわしたのは初めてといってよかった。

「君は若いのになかなか気がきくんだな」ロークの口調が不意にどぎまぎするほど優しくなった。「きっとお母さんの性格を受け継いだんだろう。ところで君は今後の生活をどうするつもりだい？」

今後のことは、実のところライザ自身まったく考えていなかった。

ロークはライザの心を読み取ったかのように言葉を継いだ。「君も永遠に十六や十七でいられるわけじゃない。世界は広いんだ。こんな所にいつまでもくすぶっていても、つまらないよ」

「あなたはこの島で暮らすのがとても楽しそうに見えるけど？」ライザは言い返したが、ロークに島を出て行けとほのめかされているように思えて、胸の内を冷たい風が吹き抜けるようだった。そうなのだ、私はロークにとって本当はなんでもないのだ。リーだって、私を正式に娘として入籍するつもりはあっても、まだ法的な手続きはしていないのだから、本当は他人なのだ。

「僕は君より十一も年上で、もう世間のことはおおかた見てきたよ。それに僕はこの島に必要な人間なんだ。僕の一族は……」

「わかったわ、もうたくさん。私はここの人間じゃないって言いたいんでしょ？」ライザは激しい怒りを感じていた。「でも、私がここにいていいかどうかを決めるのはあなたじゃないわ、リーよ……」

「その親父は君にべったりときている。君を見ていると、君のお母さんを思い出すからだ。そんなことで君はいいと思っているのかい、ライザ？　確かにここでの生活はのんびりしていて楽だ。だが君は安楽に生きるには若すぎる。よくよく気をつけないと、堕落してしまうよ」

ライザは思わずロークの顔を見た。

「僕の言っている意味がわからないかい？　まわりを見てごらん、ここの娘たちは十五歳ぐらいで母親になってしまうんだ」と、ロークは顔をしかめてみせた。

なぜロークはそんなに私を追い出したいのだろう。私とリーの関係に嫉妬《しっと》しているわけでもあるまい……。

「ライザ、ローク！」リーの声に、二人は同時にふりかえった。近づいて来る父親を見つめるロークの目に、ほんの一瞬恨めしげな色がうかんだのを、ライザは自分の錯覚だろうと決めつけた。

いくら気にするまいと努めても、ロークの言葉は頭から離れなかった。ある朝、屋敷のすぐ下の浜辺を散歩しながら、ライザはロークに言われたことを思い返していた。ジーンズのショートパンツに薄いTシャツが風にはためき、若々しい体の線を強調していた。

「やあやあ、こんにちは！」

いきなり目の前に若い男がとび出して来たので、ライザはその場に立ちすくんだ。金髪で背の高いなかなかの好男子だが、色が白いところを見ると新参者らしい。

「ゲライントさんを捜しているんだけど、こっちの方角でいいのかな？」男はにこにこしながら尋ねた。「おっと、僕はマイク・ピーターズ。この島の新しい医者として、いつでもお役に立ちますよ。病気でも怪我《けが》でも、なんでもどうぞ」と言いながらおどけてお辞儀をしたので、ライザは思わず笑い声をあげた。

「ちょうど私も家に帰るところなので、一緒に行きましょう。でも、あなた本当にお医者様なの？　新しい人が来るとは聞いていたけど、まさか……」

「僕みたいに若くてハンサムなのが来るとは思わなかった？　いや、実は僕も自分のことながら医者の資格を取れたのが信じられないくらいでね。今でもあれは間違いだったと言われるんじゃないかと心配なんですよ」屋敷が見えてくると、マイクは立ち止まって叫び声をあげた。「うわあ、すごいお屋敷だな」

　ライザはこの陽気な青年医師がすっかり気に入り、島の歴史を簡単に説明してあげた。

　その時ロークが屋敷の中から姿を現した。芝生を横切ってこちらに向かって来るが、ライザの連れに気づいてしぶい顔をしている。

「ローク、こちらはマイク・ピーターズよ。島の新しいお医者様ですって」なぜロークはあんな仏頂面をしているのかといぶかりながら、ライザは紹介した。

　ロークはマイクにはろくに挨拶《あいさつ》もせず、ライザに向かって言った。「ライザ、親父が呼んでいる」

　ロークが戻って行くと、マイクは顔をしかめた。「ずいぶんと愛想がいいなあ」と皮肉を言ってから、すまなさそうにつけ加える。「これは失礼。君のお兄さんだったね？」

「義理の兄なのよ」上の空で答えると、マイクが妙に納得したような顔つきになったのでライザは困惑した。

「そうだったのか！　さて、これからどこをどう行けばいいのかな？　ぶらりと散歩に出たのはいいんだが……」

「道案内を使用人に頼んであげますわ。義父《ちち》が呼んでいるのでなければ、私が送ってさしあげるんですけど」

二人が気づかないうちに、またロークがそばに来ていた。マイクに向けられた敵意に、ライザは首をかしげた。ロークはいったいどうしたのだろう？

マイクが使用人と遠ざかって行くと、ライザはさっそくロークに尋ねた。「あの人の何が気に入らないの？　かわいそうに、ひどくめんくらっていたわ！」なじるような口調で言った。

「おい、ライザ、君は学校で何を習ってきたんだ？　知らない男に親しく口をきいてもいいって習ったのか？」ロークは邪険に言い返した。

「お茶でも飲まないかと言われた場合のこと？」ライザはかっとなって声を荒らげた。「ローク、私は十六歳よ。六歳じゃないわ。それにマイクは絶対に……」

「なんだって言うんだ？　言ってみろよ」とロークはあざけった。「ふざけるのもいい加減にしろ！　あいつの顔にはこの女がほしいって書いてあったぜ。それも当然だろう！　そんな格好をしてたら、いつでもどうぞと誘いかけているようなものだ！」

ライザは泣くまいとして唇をかんだ。Tシャツとショートパンツのどこがいけないの？　この格好をするのは今日が初めてではない。ロークは何を言っているのだろう？「マイクはそんな人じゃないわ！　私たちは話をしていただけよ。彼は私にキスをしようともしなかったわ！」

「そうかい？　だが彼がやらなくても、ほかの誰かが君を襲っていたかもしれない」ロークはライザを逃がすまいとして、両腕の中に強く引き寄せた。日焼けした厚い胸が、呼吸に合わせて不規則に上下している。「まったく親父はどうして君を呼び寄せて、わざわざことを面倒にしちまったんだろう？」ライザの髪に口をつけ、うめくように言った。

放して、と叫びたいのに声が出なかった。

体じゅうの血が熱くさわぎ、ライザはロークの体に思わず両手をまわしていた。こんなに激しい情熱をかきたてられたのは、生まれて初めてのことだった。

「ライザ！」ロークはまるでライザを憎んでいるかのような険しい口調で彼女の名を口にしたかと思うと、不意に唇を重ねてきた。ライザはすっかり意志の力を失い、目を閉じて熱っぽいくちづけにこたえた。このままロークと一つになってしまいたい、そんな思いが狂おしいほどの激しさで胸に迫り、それを自覚した瞬間、ライザは衝撃を受けて、夢中で体を引いていた。くるりと向きを変えて宵闇の中に走り去って行くライザを、ロークは引き止めもせずに見送った。

彼はいったいどうしちゃったの？　私はどうなっちゃったの？　ライザは必死に自問していた。私たちは兄妹も同然ではなかったの？

ロークに抱きしめられたあの瞬間、私はすべてを忘れてロークのものになりたい、としか考えていなかった……。ライザは小さく声をあげて、両手で耳をふさいだ。ロークに抱かれたいという、自分の内なる声を聞きたくはなかった。義兄としてのなにげない愛情以上のものは示してくれたことのなかったローク。ガールフレンドや親衛隊がたくさんいるというローク。経験豊富な世慣れたローク。そんなロークに心惹《ひ》かれてしまうなんて、傷つくのは私自身なのに……。

2

「ピーターズ君からまた電話があったよ」数日後、夕食のあとでリーがからかうようにライザを見た。「なんでもクルージングにお誘いしたいとかいうことだった」

「ライザは、カリブ海が一見穏やかだからといって航海も楽だと考えているような若僧とは出かけないさ」ライザより先に、ロークがぴしゃりと言った。

「ロークの言うことにも一理ある」ライザの怒りにきらめく目を見て、リーがとりなした。「ここの海は案外危険なんだよ、ライザ。どうしても海に出たいのなら、ロークに連れて行ってもらったらどうかな？　たしか、セント・ルシア島に行くという話があっただろう？」

「ライザを連れて行くわけにはいかないんだ。向こうでヘレン・ダンバーと会うことになっているんですよ」ロークが断固たる口調で言った。

ヘレン・ダンバー！　ライザの胸がしめつけられたように痛んだ。ヘレン・ダンバーは、ロークのガールフレンドの中では長続きしているほうだった。セント・ルシア島で高級ブティックを経営しており、彼女の伯父はリーの弁護士でもあった。ただしリーは、ヘレンのような女性を息子の妻には迎えたくないと思っているようだった。

「私は連れて行ってと頼んではいないわ」ライザは負けずに言い返した。「私が帰って来てからというもの、あなたはいつもいらいらしてるのね！」

「よく気がついたな」ロークは父親のしかめっ面もライザの怒りも無視して、冷笑をうかべた。「たいした観察力だ。さて、僕は電話をかけてこよう」

ロークが席を立つと、リーは静かに言った。「ロークのことは気にしないでおくれ。なぜか最近おかしいんだ」

「マイクにもひどく冷淡だったし」ライザはロークに抱きしめられた記憶を心の隅に押しやりながら言った。私がロークに恋をするなんてあり得ない。よりによってロークのような男に恋をするには、私は若すぎる！

「ほう。どんなふうに？」とリーは眉をひそめた。

「私がマイクと歩いていたのを見て、彼がまるで私に襲いかかろうとしていたみたいな言い方をしたんです……」不意にロークの唇の感触がよみがえり、ライザは頬を染めたが、ありがたいことにリーはよそを向いていた。物思いにふけっているのだろう。

「ふうむ」ようやくリーが口を開いた。「まあ、ロークがなんと言おうと、やっぱりセント・ルシア島について行ったらいいと思うがね。一つには少し服を買いそろえたほうがいいだろうし」リーの目がライザのショートパンツとTシャツをちらりと見た。

「ええ、こんな格好ではしたないってロークにも言われました」

「ロークが？　いや、私はそんなつもりで言ったわけではないんだよ。ただ君ももう子供ではないのだから、ドレスぐらい持っていてもいいだろう」

「夏物なら買っていただいても無駄になってしまうんじゃないかしら。ロークは私をイギリスに帰らせたがっているようですから」

「ライザ！」リーは立ち上がり、真剣なおももちでライザの両肩に手をかけた。「この島のあるじはまだ私なんだ。誰がなんと言おうと君をイギリスに帰らせたりはしないよ。ロークのことは無視しなさい。最近のロークはどうかしてるんだよ」それから、ふと笑みをうかべ、言葉をつづけた。「ロークと一緒にセント・ルシア島に渡って、服をどっさり買っておいで。ロークが仕事で行くついでに、君も一緒に行ったらいい。君もじきに十七だ。そろそろ大人の世界に足を踏み入れてもいい年ごろだよ」

リーにそう言われると胸がわくわくしてきたが、はたしてロークが承知してくれるかどうか……。あのキスの一件以来、二人の間では確かに何かが変化していた。ロークは懲らしめのつもりでキスをしたのだろうが、その効果は彼の意図していた以上に大きかった。なぜならあのキスのせいで、それまで愛をばら色の単純な夢と考えていた幼いライザが、不可解な未知の世界をかいま見て、生まれて初めての切ない苦しみを味わい始めたのだから……。

さらに数日が過ぎたある日のこと、ライザは非番のマイクとテニスを楽しんだ。白熱したゲームを引き分けに持ちこんで終了すると、マイクと別れた。そして屋敷に戻ってシャワーを浴びていた。

リーは友達の家にチェスをやりに行って、まだ帰っていなかった。ライザはほてった体に冷たいシャワーを当てながら、ロークがライザをクルージングに連れて行くのを承知したと昨夜リーに告げられたことを思い出していた。リーが息子を説得するのにどんな手段を使ったのか、ライザには想像もつかなかったが、ロークが内心不満を抱いているのは確かだった。

ローク……。燃えるような思いが胸の内に広がり、ライザの手が止まった。ローク！　甘い吐息とともに彼の名前が唇からもれる。ライザは夢見心地で体にこすりつけた石鹸《せっけん》の泡を洗い流し、それからようやくパイル地のガウンを出し忘れていたことに気づいた。裸のまま寝室に通じるドアをあけ、ぺたぺたと床に足跡をつけながら、クローゼットに近よる。ガウンに手をかけた時、ドアのノブが動く音がした。

「ライザ！」ロークの声だ！　だが、ライザは凍りついたように声が出ず、ロークが勢いよくドアをあけるのを止めることができなかった。ロークはその場に立ちすくみ、呆然《ぼうぜん》としてライザの裸身を見つめた。それは一瞬のことだったが、ロークの視線はライザの胸のふくらみからほっそりとしたウエスト、さらにかもしかのように長い脚へとすべり下りた。

そしてあけた時と同じ唐突さでドアをしめると、ロークはそそくさと立ち去って行った。ライザはようやく呼吸が楽になったが、そのかわり全身が熱くほてって震えだし、ガウンで体を隠した。心臓の鼓動がひどく乱れていた。私ったら、どうなっているのだろう？　これが恋というものなのかしら？

　夕食の席では、ライザはロークの顔を見る勇気もなく、ひたすらおとなしくしていた。ロークも私と同じように、さっきの出来事に鮮烈な印象を受けたのだろうか？　まさか、とライザは心の中で自嘲《じちょう》する。ロークが女性の裸を見たのはこれが初めてではないのだし、ロークにとって私はあくまで子供っぽい少女にすぎないのだ。

「明日の朝出発するってことは、もうライザに話したかい？」食事をしながらリーがロークに尋ねた。

「いや、まだです。ライザ、今日じゅうに支度できるかい？」ロークはライザの顔を見ようともせずに問いかけた。ライザはまるで口に出して宣言されたかのように、ロークが自分の顔を見たくないのだと感じ取った。

「もちろんできるさ」ライザが答えるより早く、リーが機嫌よく言った。「ライザ、セント・ルシア島に着いたら、たっぷり買い物をするんだよ。どのくらい滞在する予定かね？」リーが息子にそう尋ね、ロークが肩をすくめた時、ライザはまたロークに無視されているのを感じた。

「せいぜい二、三日かな。まあヘレン次第ですよ」

　ヘレン！　激しい痛みに胸を焼かれ、ライザは悲鳴をあげずにいるのが精いっぱいだった。これが嫉《しっ》妬《と》なのね？　この強烈な、焼けつくような苦しみが……。

　食事がすむと、ロークはすぐに自室に引きあげた。ライザは落胆を表情に出してしまったのだろう。ふと気づくと、リーが心配そうにこちらを見つめていた。「ロークのことなら心配しなくていいんだよ。ロークは今、難しい時期に来ているんだ。私も君のお母さんと初めて会った時のことを思い出すよ」

　ライザはリーの顔をじっと見つめた。どういう意味だろう？　本当にロークはヘレンと結婚する気でいるのかしら？　でも、もしそうだとしても、私には反対する権利などないのだ。セント・ルシア島に行けばロークとヘレンが一緒にいるところを見るはめになるのに、うやむやのうちに同行を承知してしまった自分の弱さが、今は恨めしい。

　むろん行かないわけにはいかなかった。せっかくのすすめを断って、リーの気持を傷つけることはできない。ライザは今着ているコットンのワンピースをちらりと見て、わずかに顔をしかめた。優雅で美しい女を見慣れた男の目で自分とヘレンを比べてみると、自分の子供っぽい服が急に気になってきた。

　あくる朝、小声で文句を言いながらせかせかと動きまわるケイスに、ロークがこう言っているのが聞こえた。「大丈夫だよ、ケイス。彼女の身の安全は僕が保証する。ピーターズ先生も置いて行くことだしね！」

　ライザはロークの言葉にこめられた皮肉にかっとなったが、かろうじて怒りをこらえた。ロークはなぜそんなにもマイクを目の敵にするのだろう？　一緒にいてとても楽しい人なのに。明るいし、親切だし、私とは波長も合う。まるで友達の妹に対するような、あたたかい態度で接してくれる。と、そこまで考えて、ライザはぎくりとした。マイクはライザにとって、ロークよりもはるかに兄らしかった。ロークのことを兄として見たことは一度もない。ロークがそばにいる時のライザはいつも神経がぴんと張りつめていて、マイクと一緒にいる時のように心からくつろぐことができなかった。

「ピーターズのことでも考えているのか？」

いつの間にかロークがそばに来ていたので、ライザはどきりとした。自分の思いを見ぬかれてしまったのではないかと、思わず顔を赤らめる。

「もし、そうだとしたら？」ライザは挑戦的にあごを突き出し、ふてぶてしく言った。どんなことがあっても、ロークにこの思いを悟らせてはならない。

「別に。あいつは若い娘が夢中になりそうなタイプだからね。だがライザ、君もいつまでも子供ではいられないんだ。大人の女になる日が来たら、その時は男の子ではなく、男がほしくなるだろう」

ライザは〝どういう意味？〟と問いただそうとしたが、そのすきを与えずにロークは行ってしまった。

三十分後、ライザは屋敷の下の入り江に停泊しているロークの帆船レディ号に向かうべく、小型ボートに乗っていた。レディ号はロークが三年ほど前に買い求めた優美な船で、ライザも何度か乗せてもらっていた。今、その船は目の前で帆を巻き上げ、白塗りの船体を輝かせてゆったりと波に揺られている。ライザはレディ号との再会に胸をときめかせていた。航海術を教えてくれたのはリーだった。ロークはたった一度、レースに出場した時に乗組員として多少の操縦をやらせてくれただけだった。

レディ号にたどり着くと、先に来ていたロークがきっぱりとした口調で言った。「君は前のほうのキャビンを使ってくれ。荷物はもう積んである」

ライザは熱帯の日ざしを浴びてまばゆく輝いている船の白さに目を細めながら、デッキに立つロークの姿を眺めた。ロークはライザのショートパンツに負けずおとらずのショートパンツ姿で、その裾《すそ》からは日に焼けた長い脚が伸びていた。

　ライザは自分のショートパンツに目をやり、言い訳がましく言った。「セント・ルシア島で服を買うようにリーに言われているのよ」

「わかってる。親父《おやじ》もヘレンの見立てなら安心だと思っているんだろう。ヘレンにはご苦労なことだ」あざけるような言い方だ。「僕は錨《いかり》を上げるから、デッキに行くよ」

「何かお手伝いしましょうか？」ライザは苦々しい思いをのみくだし、ロークの背に声をかけた。

「いや、いい」ロークの返事はそっけない。「レディ号は僕一人で扱える。実際、一人でやるほうが楽なんだよ」

「それじゃ、セント・ルシア島に着くまで私は自分のキャビンにいればいいのね？」失望のあまり、ライザは思わずなじるように言っていた。「私がデッキにいないほうが、あなたにはありがたいんでしょう？」

「そのほうが面倒がなくていい」ロークはあっさり答えた。

　昼までの時間がライザにはひどく長く感じられた。船室の円窓から美しい海の色を眺めながら、狭い所に一人閉じこめられたいらだちを、持てあましていた。

　昼時になると忍耐は限界に達した。ロークが頼んで来るまで意地でもデッキには出まいと思っていたのだが、退屈と空腹の前にはその決意もあえなくくずれた。ロークだっておなかはすいているはずだ。船を走らせながら同時に食事はできないだろう。

　ライザはロークに食事のことをきくために、デッキへ出て行った。だがロークの姿は見あたらず、船は錨を下ろして静かに揺れていた。ロークはどこにいるのかしら？

　ライザの胸に不安が走った。まさかロークのように航海に慣れた男が、嵐《あらし》でもないのに船から転落するなどということはあり得ない。そうよ、そんなはずはない、きっと休んでいるんだわ！　ロークのキャビンを見に行こうとデッキから下りかけた時、視界の隅を人影がよぎった。

「ローク！」声に安堵《あんど》感をにじませてふりかえると、ロークがデッキで棒立ちになっている。同時にライザの足も、根が生えたように動かなくなった。濡《ぬ》れた髪を額に張りつけ、水滴をぽたぽたとしたたらしているロークは、そのブロンズ色に輝く引きしまった体に何も着けていなかった。

「ライザ！　キャビンにいたんじゃなかったのか？」ロークはかみつきそうな勢いでどなった。

「昼食のことを……ききに来たのよ」

ライザは衝撃と興奮に胸を震わせながら、完成された男の肉体からようやく視線を引きはがした。体じゅうの血液が逆流したようで、みぞおちのあたりがひくひくと痙攣《けいれん》している。

「とにかくシャワーを浴びて、服を着る」ライザが動かないので、ロークは顔をこわばらせた。「どうしたんだ？　頼むから僕が本当に君を怖がらせるようなことをしてしまわないうちに、キャビンに戻ってくれよ、ライザ！」

セント・ルシア島にはライザが思っていたよりも早く着いた。もしかしたらロークが意識的に近道の航路をたどったのかもしれない。

カストリーズ港は込み合っていた。狭い通りは観光客がいっぱいで、ライザは脚の長いロークの歩調に合わせられず、人ごみの中でまごまごした。町なかの交差点でロークはライザが追いつくのを待って腕を取ってきた。二の腕にロークの手を感じると、ライザはデッキで見た彼の裸体を思い出し、軽いめまいを覚えた。ロークが何も着ないで泳いだのは今日が初めてではあるまい。水着の跡もなく真っ黒に日焼けしていた彼の全身がそれを物語っている。裸で泳ぐ時、ロークはいつも一人だったのだろうか？　それとも誰かと――たとえばヘレンと一緒に泳いでいたのだろうか？　青いカリブ海ですきとおった水だけを肌にまつわりつかせ、ロークと並んで泳ぐのはどんな感じだろう……。

「ライザ！」ロークの声の険しさがライザを夢想から現実へと引き戻した。

二人はヘレンの高級ブティックの外に立っていた。店内ではヘレンが店員とともにせわしなく客の相手をしていたが、二人に気づいているのはこちらにいてもわかった。

「まずホテルに行って、それからここに来よう。君を連れて来ることは、ヘレンにも言ってある」

二人はタクシーで、ヘイワード一族が出資しているホテルに向かった。そのホテルはとても現代的で、ホテルというよりも一つの町を構成していた。ホテルに付随してレストランやバー、ブティックや娯楽施設が並び、そのまわりにはコテージまであった。

支配人が愛想よく二人を出迎え、荷物の扱いや飲み物のサービスにも手ぬかりのないところを見せた。玄関ロビーのソファーに座って、ロークと支配人がホテルの経営について話をしている間、ライザはブティックのほうにぶらりと歩いて行った。ショーウインドウに飾られたリゾートウェアやドレスはどれもしゃれていた。ちらりと後ろをふりかえって見ると、ロークはまだ支配人と熱心に話しこんでいる。ライザはちょっとした反抗心から、そのブティックのドアを押した。ロークがライザの服の見立てをヘレンにまかせるつもりでいるのはわかっていたが、ロンドンにいるころのライザは、服ぐらい自分で選んでいたのだ。大人っぽい服を買うのは初めてでも、もともとセンスはいいと人から言われている。

店員はライザの好みを尋ねると、奥のほうからスーツやドレスをひとかかえ持って来た。「お客様は運がいいわ。今週に限って、こんなに入荷したんですよ。店長が先週アメリカに行って買いつけてきた流行のものばかりですわ」

試着室に入るとライザはなめらかな絹やコットンの服地に指先を触れながら、確かにどれも素敵だと思った。中でも有名デザイナーの手になるあざやかなブルーとエメラルド・グリーンの絹のアンサンブルに心惹《ひ》かれ、さっそく着てみた。その色合いはライザのブルー・グリーンの目やつややかなブロンドを美しく引き立ててくれる。細い肩ひものついたドレスの上には、同じ絹の薄いジャケットをはおり、前でふんわりと結ぶようになっていた。ライザは鏡に映った自分の姿を見つめ、その変わりように驚嘆していた。そのドレスはライザのために作られたようなものだった——試着室を覗《のぞ》きこんだ店員もそう請け合った。

「素晴らしくお似合いですわ。でも、ほかのも試してからお決めになったら？」

すすめられるがままに彼女の出してくれたものを一通り試着し、結局最初のアンサンブルのほかに、応用のききそうなコットンのブラウスとスカート、真っ赤なジーンズ、そして店員が絶対素敵だと保証してくれるまで、それを試着した自分の姿に自信のなかったフランス製の小さなビキニを買うことにした。

それでもまだリーから渡されたお金は十分残っていたので、下着も見せてもらった。店員のすすめる女らしいレース使いのサテンの下着は、着ることは絶対にないだろうと思いながらも、手ざわりのよさに惹かれてつい買う気になってしまった。

荷物を両手に店を出ると、ロークが外で待っていた。「いったい今まで何をやっていたんだ？」非難するような口調だった。

「買い物よ。リーに服を買って来いと言われていたでしょう?」ライザは自分の声の穏やかさが誇らしかった。

「ヘレンの店に連れて行こうと思っていたのに」

「あなたの恋人のアドバイスを受けなくても、一人で買い物くらいできるわ」そこまで口にしたのは軽率だった。

ロークは凄《すご》みをきかせて言った。「本当にそうならいいがね。なにしろ僕たちは今夜、ヘレンやヘレンの友達と食事をすることになっているんだから。ヘレンもサンドラも実に洗練されているんだよ」

「それだったら美容院にも行ったほうがいいわね」ライザの落ち着きようは立派なものだった。「あなたに恥をかかせるわけにはいかないわ」

それには答えずロークが言った。「誰かに君を部屋まで案内させよう。僕はヘレンに会って来る」


ライザは美容師にすすめられて買ったアイシャドウをつけるのに、さっきから四苦八苦していた。手先が震えて、なかなか思うようにいかない。巻き毛は美容院できれいに伸ばされ、肩のあたりで柔らかく波打っていた。ハーブを使ったトリートメントがまだかすかな芳香を放っている。私がヘレンやヘレンの友達とは比較にならない野暮な女学生だとロークが思っているのなら、その考えが間違いだということを今夜思い知らせてやるのだ! 美容院の帰りに、ドレスの色調に合わせてブルーとグリーンのストライプの革サンダルも買って来た。

ようやく支度がすんだ。ライザは真剣な顔で鏡を覗きこんだ。アイシャドウはちゃんとしているかしら? 道化師みたいな目になっていては困るわ!

鏡の中の顔はライザを安心させた。見慣れているはずの自分の顔だが、いつもと微妙に違っている。念入りに重ね合わせたブルーとグリーンのアイシャドウが、目もとを普段よりも神秘的に見せている。ただでさえ長く濃いまつげがマスカラで強調され、ふっくらとした唇にていねいに塗ったコーラル・ピンクの口紅は蜂蜜《はちみつ》色の若々しい素肌によく映える。

　ドアがノックされると、ライザは着慣れないドレッシーな格好をしていることに妙に緊張しながら立ち上がった。そしてドアをあけ、ロークの姿を見ると、彼が全身に漂わせているセクシーな雰囲気に圧倒された。

「支度はできたね？」

　ロークはライザの格好を無造作にちらっと見ただけだった。ライザは胸に怒りの炎を燃やした。私の変身ぶりに気づかないはずはないのに、何も言ってくれないのね！　中身だって変わったのに、私をあくまで子供として扱うつもりなのね……。

　ヘレンのグループはホテルのバーですでに二人を待っていた。エレガントな白いドレスに身を包んだヘレンは、ライザの絹のドレスに対する対抗心をかろうじて押し隠し、ロークに流し目をくれて猫撫《な》で声で言った。「かわいそうに、ロークは今回のクルージングでは子守りまで押しつけられたのね。でも大丈夫よ、ダーリン。楽しむ機会はいくらでもあるんですもの」

「ヘレンの言うことなんか気にしちゃだめよ」ロークがウェイターを呼んでいるすきに、サンドラ・ウィルクスがしたり顔でライザにささやいた。「ヘレンは少々独占欲が強いのよ」

「僕には全然子供に見えないよ！」ピーター・ウィルクスがうっとりしたような目でライザを見ながら、妻のあとに言葉をつづけた。ウィルクス夫妻は三十代前半、気持のよい人たちと見受けられた。

　食事が始まるとサンドラはライザに向かって、イギリスの寄宿学校に預けてある子供たちの話を始めた。「私、子供に会いたくてたまらないの。でも今は仕方がないのよね。ピーターがロンドンに転勤したいという希望を出してあるから、いずれは一緒に暮らせるようになるかもしれないわ。ねえ、セント・マーティン島の話を聞かせてくれない？　ヘレンに言わせると、あそこは地の果てだということだけど、やっぱり自分の島を持つってすごく素敵なことじゃないかしら！」

「あの島はロークの家に代々受け継がれているんです。ロークと島は、切り離しては考えられないわ」

「あら、ヘレンがからんできたら、それはどうかしらね」とサンドラは笑った。「ヘレンはロンドンに帰りたくてうずうずしているのよ」

「ロークが島を離れるとは思えませんわ。ロークは自分の子供は自分と同じように島で育てたいと考えているんですから」サンドラが目を丸くしたので、ライザはびっくりして尋ねた。「私、何かいけないことを言いました？」

「いえ、別に……ただね、ヘレンは子供を産めないのよ。それに、子供は嫌いらしいからどっちにしても産む気もないでしょうね」

「でもロークは……」

「自分のあとを継いでくれる息子がほしいでしょうね？　ええ、私もそんな印象を受けたわ。でもまあ、それは二人の問題だわね。私個人としては、ヘレンは妻というより愛人に向くタイプだと思うの。ロークもいずれそう思うようになるわ、きっと。子供を育ててくれるかいがいしい奥さんを見つけて、一方ではヘレンと楽しめばいいのよ」

「まあ、そんな！」ライザはぞっとして抗議の声をあげた。

サンドラは笑い声をたてた。「あなたってやっぱりまだ赤ちゃんね。ところで年はいくつなの？」

「十七歳です……もうすぐ」

「本当に？　十九は下らないと思っていたわ」
サンドラの言葉はうれしかったが、さっきからヘレンがロークと話しながら甘ったれた仕種《しぐさ》でしきりにしなだれかかるのを気にせずにいるのは難しかった。できるものなら二人の仲のよさを見ないですむよう、この場から逃げ出したかった。

食事がすむと、ヘレンがナイトクラブにダンスをしに行こうと言いだした。「ねえ、行きましょうよ。ライザにはちょっと早いかもしれないけど」

「あら、ライザだって行きたいわよね？　こんな素敵なドレスを着てるんですもの。いいじゃない？」

ヘレンが不満そうな表情になったので、ライザは息をつめてロークが先に部屋に帰りなさいと言うのを待った。だがロークは何も言わず、ピーターがライザの腕を取ってエスコートするのを、ただ不機嫌な目つきで見ただけだった。

ナイトクラブは人いきれでむんむんしていた。こういう遊び場よりも、ライザにはやはりさわやかな夜風の吹き抜けるセント・マーティン島の浜辺のほうがずっと好ましいと思った。

「ライザ？」

ふと気づくとロークが目の前に立っている。ヘレンはこちらを恐ろしい形相でにらみつけ、サンドラとピーターは目くばせをかわしていた。

「ライザ、踊ろうと言っているんだよ」ロークがもう一度言った。

「私と？」ライザは胸をときめかせて、魔法をかけられたかのようにふらふらと立ち上がってロークのあとについて行った。人のひしめき合うフロアに出ると、ロークは片手でライザの手を取り、もう一方の手でむきだしのしなやかな肩を抱いた。

「私と踊ったらヘレンの機嫌をそこねるんじゃないかしら？」ライザは低くつぶやいてテーブルをふりかえり、憎悪のこもったヘレンのまなざしを見た。

「ヘレンがなんだ」ロークの言い方はライザがびっくりするほど冷たかった。ロークはライザの肩を抱いた手に力をこめ、強く引き寄せた。「それに君も悪い娘《こ》だよ、ライザ。僕をこんな気持にさせるなんて……。僕は君がまだ子供なんだと自分に言いきかせつづけてきた。だが今夜の君を見ていると、こうして抱きしめたくなってしまう……」ひそやかにささやくとロークは小さく身震いした。その額にはうっすらと汗がにじんでいる。

　ロークが――手の届かない人だと思いつづけてきたロークが、私を抱きしめて体を震わせている。それはまるで夢のようだった。

「ライザ！」ロークはライザの髪に唇をつけて、うめくように言った。強く抱きしめられ、ライザはロークの体のほてりを気の遠くなるような甘美な喜びのうちに感じ取っていた。ロークの唇がほっそりとした喉もとに下りてくると、ライザの全身も細かく震えだす。

　相変わらずこちらをにらみつけ、ただではすまさないと警告しているようなヘレンの視線を頭のどこかで意識しないではいられなかったが、今のライザは幸せすぎて、それに構ってはいられなかった。

　それでも首すじのあたりに彼女のからみつくような視線を感じるのはあまり愉快ではなかった。するとその不快感に気づいたように、ロークが眉をひそめてきいてくれた。「どうかしたのかい？」

「ちょっと暑いだけ」ヘレンのせいで居心地が悪いのだとは言いたくなかった。新しく始まりつつあるロークとの関係を大事にしようと思ったら、うかつなことは言わないほうがいい。ロークがなぜ自分に対する態度を変えてきたのかはわからないが、今ここでヘレンを批判したら彼の態度はまた硬化するかもしれない。

「外で少し風にあたるかい？」

ロークの目の不穏なゆらめきに、ライザの胸は高鳴った。

「それも素敵ね」言葉の裏に隠された激しいときめきを悟られまいとして、ライザはできるだけ落ち着いた口調で答えた。

3

二人は手をつないで月影のさす砂浜を歩いていた。さわやかな夜風が、二人の髪を軽くそよがす。ロークは立ち止まって上着を脱ぎ、砂の上に敷いた。

「座ろう」腰をおろすとロークはかすれた声で言った。「ああライザ、君が僕をどんな気持にさせているかわかっているのかい？　ピーターズと一緒にいる君を見て、僕がどれほど嫉妬《しっと》に苦しんだか」

「あなたが嫉妬を？」ライザの声もかすれている。

「僕だってただの男だ」

「でも、あなたは私に対していつも冷たいのに……」

「その倍以上も自分自身に対して冷酷なんだよ。君はもうじき十七歳だ。いろいろな意味で、まだ子供なんだ。それでいてすでに男心をとろけさせる魅力を備えている。いくら義理の妹だと思おうとしても、まったくだめだった。君がセント・マーティン島に帰って来た時から君がほしかった。その気持は日に日に強くなるばかりだ……」

ライザは無言のまま、ロークのほうに震える手を伸ばした。

「ライザ……」ロークは低くうめいてライザの手を取り、てのひらに唇を押しつけた。「こんなことをしてはいけないんだ。こんなふうに感情に身をまかせてはいけないんだ。ああ、でももう止められない……」

「私も止めてほしくないわ」ライザが恥じらいながらささやいた。「あなたを愛しているんですもの」

「君が愛しているのは、あのピーターズだと思っていた……。君は僕を避けてばかりいたのに、どうして僕を愛しているなんて言えるんだい？」ロークはからかうように言った。「そもそも君は愛をどういうものだと思っているんだ？　男の裸を見たのは今日が初めてだったようだし……」

ライザの頬は熱く染まったが、ためらいながらもこう応じるだけの勇気は残っていた。「私が未経験だということが、そんなに大問題なの、ローク？　あなたが教えてはくださらないの？」

「ライザ！」喉もとから声をふりしぼるようにしてライザの名を呼ぶと、ロークは自制心を失ってライザをかき抱き、熱っぽく唇を重ねてきた。

甘いくちづけに酔いしれているうちにライザは砂の上に寝かされていた。熱い期待に胸を焦がしたが、ロークが不意に重く吐息をついて体を起こしたので、すっかりとまどってしまった。

「少なくとも親父《おやじ》は二人の結婚を喜んでくれるだろうな」ライザの手を引いて立たせながら、ロークがぽつりと言った。「親父が僕たちを一緒にさせたがっているのは君も気づいているだろう？」ライザが答えないのでロークは驚いたようだ。「ああ、君は本当に無邪気なんだな！」それを聞いてライザはふと不安を覚えた。ライザを求めることに彼自身、腹を立てているような口ぶりだったからだ。

「ローク、私を愛している？」ライザはそっとささやいた。

ロークは一瞬ひるんだような顔を見せたが、すぐにライザの肩に腕をまわし、なめらかな口調で言った。「愛しているに決まってるじゃないか。でも、もう君を乙女のベッドに帰す時間かもしれない」

ライザはロークと同じ部屋で、ロークの腕に抱かれて朝を迎えたいと言いたかったが、言葉が見つからなかった。実のところ、ロークのほうからそれを言いださないのは意外だった。

あくる朝、新しいブラウスとスカートを着て恥ずかしそうに朝食の席に現れたライザに、ロークは嵐《あらし》の予報が出たから予定を早めてセント・マーティン島に帰ることを告げた。なるべく早く帰りたいらしい。

「ゆうべのこと……後悔しているの？」ライザはおずおずと尋ねた。

「ちっとも。だがライザ、君は自分が何をしようとしているのかわかっているのかい？　君はもうじき十七歳だ……人生はこれからなんだよ」

「あなたを愛しているわ！」

「そう言われると、身勝手な僕としてはその言葉を信じたくなってしまう。せめて二年くらいは君を広い世間に出してやらなければいけないと思うんだが、会えなくなるのが怖いんだ。それほど君を愛してしまっているんだよ」

「リーはなんて言うかしら？」

「それほど驚きはしないだろう。君に対する僕の気持にはとっくに気づいているみたいだからね。〝ライザは日ましに大人になっていく〟って、さりげなく僕に言っていたよ――〝大人〟にね！　ああ、いたいけな子供に欲望を感じるのは中年か老人ばかりだと思っていたのに！」

「私は子供じゃないわ」ロークの皮肉っぽい目つきに反発して、ライザは抗議した。「来月には十七になるし、来年には……」

「十八になる――僕だって数の勘定くらいできるさ。さあ行こうか」ロークは立ち上がった。「荷物をまとめておいで。今ここを発《た》てば、天気がくずれないうちにセント・マーティン島に帰り着ける」

一時間後、二人はカストリーズ港を出発した。空は雲一つなく晴れているが、太陽の周辺が鈍くかすんでおり、嵐の予報が無視できないものであることを物語っていた。

ホテルでTシャツとショートパンツに着かえて来たライザは、ロークの手を借りて船に乗りこむ時、胸もとに吸いつくような彼の視線を感じた。

「帆を全部上げて、補助エンジンを使おう。空の色が気になる」ロークが明快に言った。セント・マーティン島までの航路を四分の一ほど進んだところで、操舵《そうだ》室で進路のチェックに余念のなかったロークが不意にライザに声をかけた。「混信していて無線が使えないんだ。雷雲のせいだろう」

強風が出始め、船の速度は増している。ロークは操舵室から出て来て帆の具合を点検した。

「ちくしょう！　このまま進むと嵐の中に突っこんでしまう。進路変更しなくてはだめだ。キャビンから救命胴衣を取って来てくれないか？　君も着るんだよ、ライザ」ライザの心配そうな顔を見て、ロークは言いそえた。「心配しなくていい。用心のためだ」

「どのくらいの規模の嵐なのかしら？」ライザは子供相手のような気休めを言われるのがいやで、しっかりした口調で尋ねた。

　ロークは一瞬躊躇《ちゅうちょ》したが、真剣な表情で答えてくれた。「かなりの規模だ――ハリケーンではないが、小さくもないだろう。今朝の天気予報に従うなら、いつもと航路を変えたほうがよさそうだ。とにかく無線機さえ使えれば、もう少しどうにかなると思うんだが」

　そのあとはあまり言葉をかわす余裕がなかった。ロークはてきぱきと指示を与え、ライザは何も考えずに指示に従い、ますます強くなる風の中で、なんとか船を針路からはずすまいと二人とも必死だった。風にあおられ、舳《へ》先《さき》に高波を受けながら、船は荒海を切るようにして疾走していた。だがライザの目にも天気は好転するどころか悪化しているのがわかった。

　空の色は不気味な黄土色に変わっていて、ロークの指示も、帆を激しくはためかせる風の叫びに負けまいとしてどなり声になっていた。「速度が出すぎている。帆が多すぎるんだ。少したたまなくてはならないが、その間僕のかわりに舵《かじ》がとれるかい？」

　ライザは無言でうなずいた。風向きが少しでも変わったら転覆の可能性が出てくることは、ロークに言われなくてもわかっている。今のところは順風を受けて快走しているが、もし風向きが変わって横からあおられたら、これだけの帆を上げているのだからひとたまりもなく転覆してしまうだろう。

　ライザは緊張したおももちで舵を握った。恐れていたとおり、風の向きが変わると、船体が猛烈な勢いで激しく揺さぶられた。足がふらついたがライザは歯を食いしばり、必死に舵を操作しながら、ロークが帆をうまく調整してくれるよう神に祈った。一瞬空が真っ黒になったような気がして、また船が大きく上下に揺れた。

　ローク、早く戻って来て！　不意に何かが裂けたような音がして、ライザの胸に衝撃が走る。今の突風で帆がどうかなったのだろうか？　ロークはどうしてこんなに遅いのかしら？　見に行かなくては！

　自動操縦装置をセットし、戻って来るまでそれが持ちこたえてくれるように強く念じながらライザは操舵室のドアを開いた。荒れ狂う風にさからいながら、なかば手さぐりで船尾のほうに進む。

　帆が一枚ひらひらと宙にひるがえっており、見る間にマストからはずれて暗がりの中にとび去っていった。そちらに向かって歩いて行くと、足もとにころがっているものにつまずいてライザははっとした。ロークだ！　気を失っているのだ！　事態はすぐにのみこめた。はずれかかった帆を直そうとして風に吹きとばされ、よける間もなくデッキにたたきつけられたのだ。

　ロークがうめき声をあげ、よろよろと立ち上がろうとしたのでライザはすかさず手を貸した。彼が意識を取り戻してくれたことで、安堵《あんど》感が胸いっぱいに広がった。

「ううん、いったい何が起こったんだ？」立ちながらロークがつぶやいた。「まるで十トントラックにはねとばされたみたいだよ」

「帆を直そうとしていたんじゃない？　前の帆はとんで行ってしまったわ……」

「うん、そのようだな」

　船がまた揺れたので、ロークはさっと両手を出してライザの体を支えた。

「下にいたほうがよさそうだ！」風の音をうわまわる大声でロークが叫んだ。「錨《いかり》を下ろして残りの帆もたたんで嵐をやりすごそう」

　二人がかりで帆を巻き終えた。下の船室でロークがランプをつけた時初めて、ライザは彼の怪我《けが》に気がついた。ロークの額が切れて、血がじわじわとにじみ出ている。頭の中にも一箇所、血のこびりついた所があった。

「消毒するわ」ライザは内心の不安を押し隠して言った。消毒液をつけるとロークはちょっと体をすくめたが、そのあとライザが止めるのも聞かずに、船の損傷を調べて来ると言ってデッキに出て行ってしまった。

「風の勢いが少しだけ衰えてきたようだ」戻って来るとロークは言った。「だが、これ以上帆をとばされてはかなわない。最悪の時期は通りすぎたと思うけど、もう少し様子を見よう」語尾がため息混じりになった。

「少し横になったら？　あなた、すごく疲れているはずだわ」

「うん、確かにちょっと眠いな。それじゃ、一時間したら必ず起こしてくれ、いいね？」

ライザはロークが彼の船室に入るのを見送った。二人が結婚すれば、この船を使うたびに私もあの船室で彼とともに休むようになるのだわ……。そうは思っても、ロークが本当に自分を愛してくれているということが、まだ信じられないような気がする。ゆうべのことはすべて夢だったのではないかしら？

ロークが言ったとおり、風は少しずつおさまっていた。三十分後にライザが覗《のぞ》きに行くと、ロークはぐっすり眠っていた。ライザは胸の内にあたたかな喜びがわいてくるのを感じ、思わず手を伸ばして、ロークの額にたれさがっている黒い髪をそっとかき上げた。そのとたんロークが目をあけ、目覚めたばかりで定まらない焦点を合わせようとするかのようにじっとライザを見上げた。

「ライザ？」かすれた声でようやくつぶやいたかと思うと、その手がライザの手首をつかんで強く引き寄せた。

ロークのかたわらに倒れこんだライザは、喉もとに押しつけられた唇の熱さに、抵抗を封じられてうっとりと目を閉じた。

「ああ、ライザ！　君がほしい！」なめらかなライザの肌に狂おしく唇をつけたまま、ロークがさし迫った声で言った。両手を薄手のTシャツの下にすべりこませ、ウエストのあたりを愛撫《あいぶ》する。「キスしてくれ、僕にさわってくれ」荒く不規則な呼吸の合間に、低くつぶやく声が響いた。

その言葉を聞くとライザは全身を小きざみに震わせながら、まるで魔法をかけられたようにロークの汗ばんだ肌に激しくキスの雨を降らせた。ロークの手はライザの柔らかな胸に届き、甘くかすれたうめき声にあおりたてられて一気にTシャツを脱がせた。あらわになったライザの上半身をターコイズ・ブルーの目が食い入るように見つめる。

「あまりに美しすぎて、君が生身の人間だとは信じられないくらいだ」ロークは優しい口調で言うと、ライザの胸のふくらみに顔を埋《うず》めた。ライザはロークのつややかな髪に両手をさし入れ、息をつめて喜びをかみしめていた。ショートパンツのファスナーにロークの手がかけられた時にも、抵抗しようなどとは思いもよらなかった。

これこそ私の求めていたもの、この喜びのために私は生まれてきたんだわ――そんな思いが頭の中を駆けめぐる。

ロークが着ていたものを脱ぎ捨て、再びライザの肌に唇を寄せて焼けつくようなくちづけをしるした。ライザの頭の中はもう空っぽだった。ただ、今はやみくもにロークの一部になりたかった。ロークと結ばれたかった。

昨夜はあんなに理性的に欲望をこらえたロークが、今日になってライザを抱く決心をしたことが不可解といえば不可解だったが、きっと激しい嵐にあって、人間がいつかは死ぬべきものであることを実感したせいだろうと思った。ロークの内部でも今、嵐は最高潮に達しようとしている。ライザもまた愛の嵐に身をゆだねようとしていた。

「ライザ、ライザ！」ロークがつづけざまにライザの名を呼んだ。「ライザ！」

次の瞬間、ライザの体の奥を激しい痛みがつらぬいた。痛みはすぐに甘美なおののきに変わり、ライザはロークにもみくちゃにされながら、二人がともに愛の嵐に押し流されてゆくのを感じた。

やがて眠りに落ちたロークの顔を、ライザはしばらくの間、夢心地で見つめていた。これで私たちは事実上夫婦になったのだ——もちろん法律的にはまだ夫婦ではないけれど、結婚する日が来るのもそう遠い先のことではないだろう。

しばし熱い余韻を楽しみ、幸福を胸の内で反芻《はんすう》すると、ライザは外の様子を見るためにデッキへ出た。

嵐は今しがたの二人の愛の行為同様、穏やかにおさまって、あとには無上の静寂が広がっていた。ロークの船室に戻ると彼はまだ眠っていて、目を覚ます気配はなかった。

彼の船室の寝台で二人一緒に休むのは窮屈だし、ロークを起こしてしまってはかわいそうだと思い、自分の船室で休むことにする。ああ、早く朝が来ないかしら。朝になったら、さっき喉もとまで出かかって、結局恥ずかしくて口にできなかった甘い言葉をささやきたい……。そう、あなたが初めての男性でよかったと……。この時を待っていたと……。ああ、早く朝になってほしい。あなたの腕が、あなたの唇が恋しい……。

「ライザ……」深々とした声がライザの夢を破った。だが目をあけてその声の主を見ると、ライザはうっとりとほほえんだ。

「ローク……」

ロークが差し出してくれたコーヒーカップを受け取りながら、〝まだ私のこと愛してる?〟と言葉をつづけようと思ったのに、ロークはすでに視線をそらして、いやに淡々とした口調で嵐がすっかりおさまったことを話題にしていた。

しゃべりながらロークが額をごしごしこすったので、ライザは例のすり傷に目をとめた。

「気分はいかが?」

「うん、もう大丈夫だ。軽い脳震盪《のうしんとう》を起こしたみたいだけど……今朝になって目が覚めるまでのことが、記憶から失われて、何も思い出せないんだ……」

「何も?」

ライザはじっとロークの顔を見た。私をからかっているのかしら? いや、違う、ロークは大真面目《まじめ》だ。

ライザは喉の奥からふつふつとわきあがる笑いを必死にこらえた。「本当に何も覚えてないの?」

「全然」とロークは肩をすくめた。「ところで僕を船室まで運んでくれてありがとう。服も脱がせてくれたんだね……大変だったろう? 君がいなかったら、僕はどうなっていたことか……。とにかく嵐がおさまったからには先を急ごう。親父が心配するだろうからね」

今は、ゆうべ二人の間に起こった出来事を説明すべき時ではない。あとでゆっくり話せばいい。私を抱いたことさえ思い出せないロークを、なんと言ってからかってやろうかしら……? ライザはそれを告げる時のことを想像して、笑いをかみ殺した。脳震盪が時として人間の脳に奇妙な影響を及ぼすことはライザも知っていたし、後遺症についても知識がないわけではなかったが、ロークの額の外傷がたいしたことがないのに安心するあまり、その時は彼の記憶の欠落についてそれ以上深くは考えなかった。

「朝食は十五分後だ」ドアに向かいかけて、ロークが言った。「それまでデッキには出るんじゃないよ。僕はまた泳ぐから」

私はもうあなたの体をよく知っているのだから、そんな気を遣うことはないのよ——そう告げたら、ロークはなんと言うかしら……？

三時間ほどたつと、セント・マーティン島が見えてきた。それまでの間、話をする機会はあまりなかった。ロークの態度は妙にぎこちなく、黙りこくってこちらを見つめる視線をライザは何度か感じていた。

「どうかしたの？」三度目にロークの視線をとらえると、ライザはためらいがちに尋ねた。ロークのまなざしの奇妙な強さが気になった。「私たちのことについて……考えが変わったの？」

「いや、そうじゃない」ロークの口調は優しかった。「本当なら考えを変えるべきなのだろう——結婚で縛るには君はあまりにも若すぎる、ライザ。だが、結婚してもしなくても、結局僕は君を自分のものにしてしまうだろう。それだったらやはり結婚してからのほうがいいに決まってる。親父だって結婚前のあやまちは喜ばないだろうしね」

「そんなに私がほしい？」

「君が想像している以上にね。欲望というものは男の目を曇らせてしまうものなんだよ。僕は君に対する自分の気持に気づいた時点で、すぐに君を遠くに追いやってしまえばよかったんだ。だが気づいた時には、すでに手遅れだった……」

ライザはロークがキスしてくれるのを期待して、彼のほうに一歩踏み出したが、ロークはもう背を向けて、船を座礁させないように水路に入れることだけに専念していた。

電話のベルでライザは目を覚ました。夢中で階段を駆け下り、受話器を取ったが、マネージャーのグレッグの声を耳にしてかすかな吐息をついた。

「この間の子供向けの新連載の話なんだが、出版社のほうから最初の予定よりも早くさし絵がほしいと言ってきているんだ。どうだろう？」

「ええ、構わないけど、早くってどのくらい？」

「とりあえず今すぐに描《か》きあがっている分を持って行こうと思うんだ。この間渡した第一回分の絵がたいそう気に入ったらしくてね。で、どのくらいまで進んでいる？」

「半分くらいかしら……。ロビーの幼稚園の休みに合わせて私も一週間くらい仕事を休むつもりだったから、予定よりはだいぶ進んでいるのよ」ライザにとって、仕事は楽しく大切なものだった。絵を描くという仕事それ自体も楽しいし、その仕事によって生計を立てられるのがまた何よりもありがたい。セント・マーティン島から逃げるようにしてこのイギリスに戻って来た時のライザは、自信も誇りも失ってぼろぼろの状態だった。だが月日の流れとともに自分の能力に対する新たな自信が少しずつ育って、今では立派に自立した女性として日々を生きている。自分の才能に幻想を抱き、一流中の一流を目ざして悪あがきするのでなく、地味でも自分の納得のいく仕事を着々とこなし、その小さな世界でそれなりに名をあげて、親子二人つましく生活していた。

「よし、それじゃこれから取りに行くよ」グレッグはそう言って電話を切った。

受話器を置くと、ライザは小さくため息をもらした。ロークに連れ戻されそうになっているのを知ったら、グレッグはいい顔はしないだろう。ロークに連れ戻される前に、今手がけている仕事は終わらせることができるだろうが、そのあとはどうなるのだろうか？　多少のたくわえはあるけれど、それだけではそう長くは生活していけない。だが、島に帰るのを拒否したら、もうリーとは二度と会えずに、あとできっと悔やむことになる……。ライザの心は千々に乱れた。リーが私を必要としているなら、そばにいてあげたい。でもロンドンを離れることによって失うものは、あまりにも大きい……。

決めかねて思い悩んでいるうちに時間は過ぎて、玄関のチャイムが鳴った。笑顔で出迎えたライザの頬に、グレッグはいつものように軽くキスをした。グレッグと知り合ったのはロビーを産んだ直後のことで、口には出さないものの、グレッグはロビーの存在を十代のあやまちの結果と思いこんでいるらしい。知り合って以来、公私にわたってライザを励まし、さし絵画家として育ててくれたのがこのグレッグであった。四十歳に近く、離婚歴もあるけれども、親切で紳士的なグレッグはライザにとってよき友人だった。

「ふうむ、素晴らしいじゃないか、ライザ」ライザの手渡した作品に目を通すと、グレッグは機嫌よく言った。「今の時代にぴったりの画風だよ。特にこの表情がいい」グレッグが指さしたのは、森の動物たちの顔だ。「これなら出版社のほうでもきっと気に入るだろう。それに今日はいいニュースがあるんだ。今度スコットランドで新しく少年少女向けの全集が出版されるそうなんだが、そのさし絵を誰に描かせるか、まだ決まってないらしいんだ。うちのプロダクションとしては君を推薦したいと思っている。君も一度暇な時にスコットランドに行って、売りこみかたがた様子を見て来たらどうだろう。これを見せれば、きっと即決で君が採用されると思うよ」とグレッグはスケッチのたばを振りまわして力説した。

「グレッグ……」ライザは言葉につまって唇をかんだ。せっかくの申し出をなんと言って断ればいいだろう？　その時ふと、自分の気持がすでに決まっていることに気づく。こんなふうに言葉に迷うのは、島に帰ることが自分の中で前提になっているからではないだろうか。

「ライザ、どうかしたのかい？」

ライザが思いきって口を開こうとした瞬間、玄関のチャイムが再び鳴った。

「僕が出ようか？」ライザよりもグレッグのほうが玄関に近いところにいた。ライザはまだなんと言って断ろうかと考えながら、上の空でうなずいた。

玄関のほうからグレッグの声にかぶさってロークの声が近づいて来ると、ライザははっとして立ち上がった。神に祈るかのように、両手が無意識に胸の前で組み合わされる。

「ゆうべここに手袋を忘れたんじゃないかと思ってね。邪魔をする気はなかったんだが、親しい友人からプレゼントされた手袋だから取りに来たんだ」

「ヘレンからのプレゼント？」怒りに頬を染め、ライザは思わず詰問していた。

「もしそうだとしたら？」

グレッグの好奇のまなざしに気づいて、ライザはようやく怒りを抑える。「そうだとしたら、もっと大事に扱ったほうがいいんじゃないかしら？　それとも、私の様子を探りに来る口実のために、わざと忘れて行ったの？」

ライザの皮肉がきいた証拠に、ロークもかすかに顔を赤らめた。本当は、こんな辛辣《しんらつ》なことは言いたくなかった。だが思わず皮肉を浴びせかけてしまった自分自身を恥ずかしく思いながらも、ライザはロークが自分の子供よりもヘレンからもらった手袋を大事にしているのだと考えて、胸の悪くなるような思いを味わっていた。

「古いお友達かな？」グレッグがライザを見つめて言葉をはさんだ。

「友達というのは正確じゃないな」ライザにかわってロークが答えた。「ライザは僕の妻だ」

グレッグはぎょっとして、まずロークを、ついでライザの顔をまじまじと見つめた。「本当なのかい、ライザ?」

ライザは仕方なく小さくうなずいた。「もう別居して何年にもなるんだけど」消え入りそうな声で、申し訳なさそうに言う。「私……」

「つまりこういうことなんだ」ロークがライザの手をつかみ、余計なことは言うなと警告するように強く握りしめて言葉を割りこませた。「二人とも心を入れかえて、心機一転、新しくやり直す気になったということだ。ライザは僕と一緒にカリブ海に帰ることになった」

グレッグは疑わしげな表情でライザを見た。「本当かい、ライザ? 君は何も言ってなかった……」

「話が決まったのはついこの間のことだからね。もとはと言えば病に倒れた僕の父がライザに会いたがっているので彼女を迎えに来たんだが、その話をしているうちに二人で出直すことになったというわけでね」ロークの口調は冷淡だった。

「リーは私にとっても実の父親同然なのよ」ライザは訴えるような目をしてグレッグを見た。「だから……」

「いや、よくわかったよ、ライザ。スコットランドの件は引き受けられないんだね? 残念だが仕方がない」グレッグはため息をついて、ロークに向き直った。「ライザの画家としての才能はたいしたものなんですよ。本人は謙遜《けんそん》しているが、あなたもそう思うでしょう?」

「ロークは私の才能に特別な関心はないのよ、グレッグ」ライザは硬い声で言った。

「昔はお互いに特技の話をする時間もなかったんでね」ロークはゆったりとした口調で言った。

ライザの仕事のことを聞かされてもロークが驚かなかったというのは意外だ。

「それじゃロビーはあなたの子供なんだ。そう言われてみると、確かによく似ている」グレッグはつぶやくように言ってから、ロークの口もとがゆがむのを見てぎこちなくつづけた。「それじゃ、ライザ、僕はもう失礼するよ。これを出版社に届けて、いろいろと……今後のことを話し合って来る」

「もちろんすでに引き受けている分はちゃんと完成させるわ、グレッグ」ライザはグレッグを玄関先まで送りながら、すまなさそうに言った。「本当にごめんなさい。私……」

「いいんだよ。君が幸せになってくれれば、それでいい。陰ながら幸せを祈っているよ」グレッグは力なく微笑した。

「実に感動的だな！」グレッグを送り出すと、背後でロークのせせら笑うような声が響いた。ライザはきっとなってふりかえり、怒りに燃える目でロークを見すえた。

「グレッグがいてくれなかったら、私とロビーは路頭に迷っていたところなのよ！」

「君らしいな」ロークは顔をしかめた。「君の責任を肩がわりしてくれる男を、次から次へと見つけ出している」

「私の責任ではなくて、あなたの責任でしょう、ローク？」ライザは苦々しげに言った。「だってロビーはあなたの子供なんですもの。あなたがどれほど否定しようと、その事実を変えることはできないのよ、ローク」

「また昔と同じ作り話を始める気かい？　ロビーの父親が僕でないことは、誰よりも僕たち自身が知っているじゃないか」

「ただいま、ママ！」

ライザは喉もとまで出かかった怒りの言葉をのみこんで、帰って来たロビーをキスで迎えた。

ロビーは幼稚園であった出来事を勢いこんでしゃべり始めたが、途中ロークの存在に気づくと、ふと不安げな表情になって口をつぐんだ。

ライザはロビーのおしゃべりに耳を傾けていたものの、聞こえてくるのは自分の胸の動悸《どうき》ばかりだった。ロビーはロークの子だ。ロークにそのことを否定される苦しみはもう乗り越えたつもりだった。だがやはり今でも胸がえぐられる思いがする。否定するローク自身の苦悩も、昔と変わらず強烈だ。ああ、あのカリブの島を去るまでの日々の記憶が、今もまざまざとよみがえってくる。

4

あの時はすべてが目のくらむような速さで――まるでカリブ海に吹き荒れる嵐《あらし》のようになんの予告もなく過ぎていった。一時はあれほど輝かしく思われた愛も、あとになって考えてみると最初から欠陥があったのだと思う。ロークは私に対して憤っていた。当時の私はそれに気づかなかったけれど……。

セント・ルシア島から帰って来た時のライザは幸福そのものだった。二人の結婚のことを話すとリーも喜んでくれたものだ。婚約披露パーティをやろうと言ってくれたのも、たしかリーではなかったかしら？ ローク本人は躊躇《ちゅうちょ》していたように記憶している。それでも、ロークが心変わりしたのかもしれないとは思いもよらなかった。それをほのめかしたのはヘレンだった。疑惑という毒を、ヘレンが一滴ずつ私に流しこんだのだ。

　ロークが二人の愛の行為を思い出せないということについても、ライザはさほど心配していなかった。脳震盪《のうしんとう》の後遺症のあれこれをさりげなくマイクからきき出して、あまり心配することもなさそうだと一人で決めこんでいた。いずれはロークもすべてを思い出し、二人で笑い合える日が来る――そう信じて疑わなかった。ロークは本当に、一度もあの時のことをおぼろげにでも思い出したことがないのかしら？　めずらしいものを見るような目であどけなくロークを見上げるロビーの姿を見つめていると、そんな考えすら頭にうかんでくる。もしかしたらロークは、私やロビーに対するかつての自分の仕打ちを認めるのがいやで、意図的に記憶を封じこめているのではないかしら？　セント・マーティン島は代々ロークの一族が継ぐことになっているのに、ロークはロビーから相続権を奪ったのだ。だがライザにとって本当につらいのは、ロビーに相続権が与えられないことではなく、ロビーが父親の愛を知らないということだった。これまでロビーの質問にはできるだけ正直に答えてやってきたので、ロビーも自分の父親が遠い所にいるということは知っており、ありがたいことにそれ以上のことは突っこんできこうとしなかった。だが、いずれもっと知りたがる時が来るに違いない。ロークに言われるままにロビーを連れて島に帰るのは、その時が来るのを早めるようなものだろう。第一ライザ自身、甘い幸福の味を知り、さらに苦い不幸の味を知ったあの島に、今さら帰って行く勇気があるだろうか……。

「どうした、ライザ？　心ここにあらずなのかい？　恋人たちのことでも考えているのかい？」

　ライザは口を真一文字に結んだ。「私には恋人は一人しかいなかったわ」

「そんなことを言って、ピーターズ以来、君に男がいなかったなどと僕が信じると思っているのか？」ロークはわざとライザの言葉をねじまげて解釈し、あざけるように言った。「信じるわけがないだろう？　僕が真実に気づかないうちに、僕とベッドをともにしようとした君のことだ」

「真実ですって？」ライザは思わず声を荒らげた。ロークに対し、ロークの依怙地《いこじ》な思いこみに対し、激しい怒りが胸に噴き上げる。もし私を愛していたのなら、なぜ私の言うことを信じてくれないのか！

「ママ！」大人二人の間に敵意の火花が散るのを感じ取って、ロビーが泣き声をあげた。

「泣かなくていいのよ、ロビー。なんでもないの」

「その子は君が大好きなんだな」ライザがロビーを抱き上げると、ロークはやんわりと言った。「だが、もっと大きくなってパパのことを知ったら、今と同じように君を慕ってくれるかな？」

「僕、パパのことは知ってるよ」ロビーがロークを見つめて口をとがらせた。「僕のパパは海の向こうの遠い所にいるんだ。だからパパとは会えないんだよ。ジェミーのおうちには新しいパパが来たんだって。ねえママ、僕にも新しいパパができるの？」

ライザはロークが口もとをこわばらせるのを目の端でとらえた。「ロビーにお昼を食べさせる時間だわ。それに午後からは仕事があるのよ、ローク」

「それじゃ、また今夜来るよ。その時に返事を聞かせてもらおう。いいかい、ライザ、ロビーが僕の子供だとしたら、僕は君の許可なしにロビーを連れて帰ることだってできるんだ。君を親父《おやじ》に会わせるためとあらば、僕はそのくらいやりかねない。親父には君が必要なんだ」

ロークが去り、ロビーをまた幼稚園に送り出してからも、彼の言った言葉は頭から離れなかった。リーが私を必要としている……。やはり会いに帰るべきなのだろうか？　ロークに〝あなたの子供がおなかにいる〟と告げた時、ロークは信じてはくれなかった。それでライザは島にいることに耐えられなくなって、身重の体で出奔したのだ。それ以来、苦しみを忘れようとして無我夢中で生きてきた。今こそ立ち止まる時なのだろうか？

　ライザは仕事を放《ほう》り出してため息をついた。セント・マーティン島の屋敷の優雅な広間が目にうかぶ。

　婚約披露パーティの会場にあてられたのが、その広間だった。準備の段階で、ライザはロークがリーに大げさなことはしたくない、ひっそりと簡素な式を挙げるだけにしたいのだと言っているのを小耳にはさんだ。リーの返事は聞こえなかったが、ロークが二人きりになろうともせず、朝と晩に兄妹のような習慣的なキスをしてくれるばかりの日がつづいたあとだっただけに、ライザの心はなごんだ。私も同じ気持だとロークに言いたかった。だが、それを告げるチャンスがないまま、ロークは仕事のために島をしばらく離れて行った。

　ロークの留守中に、ライザは妊娠に気づいた。数日前から朝になると吐き気がしていたのだが、ある日の午後、知人を病院に見舞いに行くまでは別に気にもとめていなかった。その日は特別暑い日で、ライザは気がついてみるとその病院で気を失って倒れていた。そしてその時マイクが気づかわしげに、ひょっとして妊娠しているのではないかとほのめかしたのだ。ライザはマイクのあとについて、病院よりは人目につかない彼のバンガローに行き、そこの小さな診察室で調べてもらった。

　診察は数分のうちに終わった。マイクは終始一貫して職業的な態度をくずさなかったし、ライザはマイクを信頼しきっていた。だが診察を終えると、マイクは怒りを含んだ声でぶっきらぼうに言った。

「ロークはいったい何を考えているんだ？　ロークほどの大人が……」

「ロークは知らないのよ」ライザはロークをかばおうとして急いでさえぎり、顔を赤らめながら事情を説明した。

「脳震盪というのは実に奇妙なしろものでね」ライザの話が終わると、マイクは深刻な表情でゆっくりと言った。「ロークが君とのことを思い出すという保証はまったくないんだよ」

「だったら私からロークに話すわ。それに子供が生まれてくれば……」

「ライザ、僕は精神科医ではないけれども、ロークがそれほど個人的な記憶を消し去ってしまわなければならなかったということが、妙に引っかかるんだ。だって……」

「消し去ってしまわなければならなかった？　ただの脳震盪ではないの？」ライザは聞きとがめてマイクに尋ねた。初めて不安が頭をもたげてきた。

「そう、確かに脳震盪なんだが、それだけではないような気がするんだ。考えてごらん、ライザ。ロークは三十に手が届こうという大人で、かたや君は十七歳だ。彼は愛する君の肉体がほしくてほしくてたまらない。つまり、最近になって仕事とはいえセント・マーティン島を留守にしているのは、自分を抑えて君との間に意図的に距離を置いているつもりなんだと思う……」

「だって今さら距離を置く必要なんかないわ。私と彼はすでに……」

「そうだ」とマイクはうなずいた。「だが、これほど大事にしているつもりの無垢《むく》な君を、実は自分がすでに犯していたと知ったら、ロークはどうなると思う？　ロークの記憶が戻らないとしても不思議はないんだよ——実に複雑な心理構造の持ち主なんだな。それに僕が思うには、ロークは君との年齢差のことも強く意識しているんじゃないかな。いかに君を求めていても、ずっと妹として見てきたまだ若い君を自分のものにしてしまうことには、やはり罪悪感が伴うのかもしれない」

「つまり、私が船の上でのことを話しても、ロークは信じてはくれないということ?」ライザは緊張した声で言った。

「いや、そうは言ってないよ」マイクはライザを安心させようと、やっきになった。「もちろん信じるだろうさ。ただ、ちょっとの間、自己嫌悪に悩むことになるかもしれないということだよ。ロークは鋼鉄のような意志力を持った男だ。君を抱いてしまった自分が許せなくて、きっとそう思うんだよ」

ライザの目がうるむのを見て、マイクはなだめるようにそっと肩を抱いた。と、その時、ロークがマイクのバンガローに入って来た。マイクの肩ごしに見たロークの目は、ライザにはなんとも判断のつかないある感情を奥底にくすぶらせていた。

ライザはロークと一緒に屋敷に帰る道を歩きながら、妊娠したことを告げる言葉がどうしても見つけられず、不安に体を硬くしていた。

さらに悪いことには、屋敷に帰るとヘレンが来ていた。ヘレンはセント・ルシア島からロークにくっついて来たらしく、セント・ルシア島では二日ほどロークと一緒に過ごしたのよ、と言ってライザの胸に嫉妬《しっと》の炎をかきたてた。ヘレンは私にやきもちをやかせるために嘘《うそ》をついているんだわ――ライザは自分にそう言いきかせた。ロークの疲れたような表情から考えても、彼が仕事をしてきたのは明らかだった。それでも嫉妬の炎は、マイクの話を聞いた時からつづいていた重苦しい不安とあいまって、容易に消えてはくれなかった。

その晩遅くライザは、自室のドアの外に誰かの足音を聞いた。ロークかもしれないと思って、胸をときめかせながら体を起こしたが、入って来たのはヘレンだった。ヘレンは勝ち誇ったような目で、猫撫《な》で声を出した。「ロークだと思ったの？　もしあなたたちがすでにそういう関係になっていたら、ロークがあなたと結婚する気になるはずはないでしょう？　ロークはリーがいる限り結婚以外の手段ではあなたを抱けないから、結婚する気になったのよ。それにあなたは彼のお父さんが喜びそうな良妻タイプですものね。でも、ロークに愛されているなんて思わないほうがいいわよ。ロークが愛しているのはこの私。うぶなねんねにあきたら必ず私のもとに戻って来るわ。今はあなたの純潔に征服欲をかきたてられているだけなのよ……」

ライザは怒りを爆発させた。「どうして私とロークがまだ関係を結んでいないってわかるの？」

ヘレンはあからさまな冷笑をうかべた。「仮に関係を持ったとしても、あまりうまくはいかなかったんじゃない？　うまくいったのなら、ロークが私に会いに来る理由はなかったはずだわ」

嘘よ！　ライザはそう叫びたかったが、最後の決定打を決めたのはやはりヘレンのほうだった。

「それから一つだけ忠告しておくけど、ロークは独占欲の強い男よ。あなたとあの若い医者との関係は秘密にしておいたほうが利口だわ」

ヘレンは二日間ロークを独占し、何をするにもライザを寄せつけなかった。結婚の準備は着々と進んでおり、ライザはリーの心配そうな視線を意識しながらも内心のみじめさは顔に出すまいとして、ひたすらロークにレディ号での一夜のこと、おなかの子供のことをうちあける機会をうかがっていた。だがヘレンのせいばかりでなく、どういうわけかロークはつかまらなかった。まるでローク自身、ライザと言葉をかわすのを避けているかのようだった。

ヘレンがセント・ルシア島に帰って行った夜、ライザはほかの人たちがそれぞれ部屋にさがるのを待ってそっとロークのあとにつづいた。ドアをノックし、返事も待たずに中に入りこむと、ロークはすでにシャツを脱いでたくましい上半身に銀色の月光を浴びていた。その姿を目にしたとたん、ライザは熱にうかされたようにロークの名を呼び、驚いて立ちすくんでいるロークの胸の中に一直線にとびこんで行った。筋肉質の腕に強く抱きしめられ、むきだしの肩に熱い頬を押しあて、ライザはロークの体から立ちのぼる清潔なにおいを胸に深々と吸いこんだ。

「どうした、ライザ？」ロークの声を聞くと体が小さく震えだす。「ライザ、こんなことをして、僕がどんな気持になるか君はわかっているのか？」ライザの髪に唇をつけ、ロークがくぐもった声でつぶやいた。

「話がしたいの」ようやく口にした言葉をロークは無視してかわいた笑い声をあげた。そしてライザを突き放すと、あかりをつけに行った。

「今夜はだめだよ、ライザ。自分の部屋に帰りなさい」その口調が不意に乱暴になった。「でないと僕は自分のたてた誓いを忘れて、君を襲ってしまう。行くんだ、ライザ」彼の口調の荒々しさと表情の険しさに、ライザは涙をこぼしながら自分の部屋に逃げ帰った。ヘレンの言うように、ロークは私の体を手に入れたいがために、ただそれだけのために私を妻にしようとしているのかしら？

冷たいベッドにもぐりこみ、もう考えをまとめることもあきらめ、朝になればすべてが丸くおさまって暗い雲も晴れているのかもしれないと、子供のように明日に希望をつないで、ライザはようやく眠りに落ちた。

ロークが再び玄関のチャイムを鳴らしたのは、ロビーを寝かしつけた直後の八時ごろだった。

ロークは昼間来た時の服装とは違い、細身のコーデュロイのズボンにウールのシャツを着ている。手に持っていた革ジャンパーを無造作に椅子の上に放り投げ、それから腰をおろした。

「どうぞ楽にして」ライザは精いっぱい皮肉めかして言った。

「ありがとう」ライザの怒りはロークには伝わらなかったようだ。いや、ロークの鈍感さは今に始まったことではないのだから。「長居はできない。約束がある」と、さめた口調で言う。

「誰と？　ヘレンと？」

「まさか。こう見えても世間からは僕はまだ既婚者と見られているんだからね」

「当時ヘレンとセント・ルシア島で二日間行動をともにした時にも、あなたは婚約者のいる男として見られていたはずだわ――ええ、ヘレンからそう聞いたのよ。あなたが私と結婚したがっていた理由についても、彼女からちゃんと聞かされたわ。ヘレンの言っていたとおり、あなたは私を自分のものにしたかっただけなんだわ。愛していたわけじゃないのよ！」

「そうかもしれない。だが、僕は君を自分のものにすることさえできなかった。ヘレンの忠告は正しかったんだ。君がピーターズのバンガローにいるところを、僕は見てしまったんだからな」

「マイクは私に指一本触れなかったわ！」やっぱり私とマイクが怪しいとロークに吹きこんだのはヘレンだったのだ！

「ほう。それじゃピーターズ以外の誰かが君に触れたんだ。僕は結婚初夜に君に処女なのかどうかきいたっけね？　あの時君は、処女ではないと答えた」

「それは、あの時以前にすでにあなたに抱かれていたからだわ」かすれた声に思いの切実さをこめた。

「ああ、また始まった！」ロークは嘲笑《ちょうしょう》するように口をへの字にまげた。「頼むからいい加減にその作り話はやめてくれよ。僕が船の上で君を抱きながらそのことを思い出せないと言いたいんだろう？　まったくよくそんなことが言えるな。あれほどまでに君を求め、その気持をずっと抑えつづけていた僕が、たとえどういう状況であれ君を抱いて、そのことを覚えていないはずはないんだ。僕は君がほしくてたまらなかった。だが、まだ若い君を汚してはいけないと自分に言いきかせていたんだ。結婚式の前にしばらくセント・マーティン島を離れたのだって、そばにいたら自分に負けて君に手を出してしまいそうだったからなんだ。それなのに僕のそんな心づかいはすべて無駄だった。僕が自分を殺してまで守ろうとした君の純潔は、すでに奪われていた。そして君は、僕がその張本人だと言い張る。ああ、ライザ、百歩譲って僕が君を抱いたとしても、僕に自覚がないわけはないだろう？　僕の体がそれを覚えていないはずはないだろう？　僕は自分の命にかけて、君の言うようなことは絶対起こり得なかったと断言できる。万が一にも君が正しいと思ったら、僕がこうしてのうのうとしていられるわけはない」

　ライザはロークの暗い表情に心打たれ、最後のせりふを聞いて反論を引っこめた。ロークの声には苦悩がにじんでいる。

「僕だって君の話を信じたい。ああ、本当にどれほど信じたいか……。だが僕は君と一緒にセント・ルシア島を出発する時、結婚するまでは決して君に手を触れまいと自分に誓ったんだ。晴れて結婚式を挙げ、君の心の準備ができるまで我慢しようと誓ったんだ。ところが君は、僕がレディ号の上で君を抱いてしまったと言う。そんなことを一瞬でも信じたら、僕が自分を許せると思うのか？」

　ライザには何も言えない。ロークの言葉には真実の響きがあった。確かにロークは自分が間違っていたことを知ったら、ショックを受けてどうかしてしまうことだろう。ロビーが生まれて以来ずっと心に描いていた夢――ローク自身が間違っていたと頭をさげ、ロビーと一緒に戻って来てくれと言ってくれる夢が、今がらがらと音をたててくずれ去るのをライザは絶望のうちに感じとっていた。ロークが真実を知っても、二人の間の溝は広がるばかりなのかもしれない。

　ロークは自分がライザを抱いたわけがないと、確信している。あの当時はライザにも思いいたらなかったことだが、真実を知ったらロークは自分自身に対する信頼感をたたきのめされることになってしまうのだろう。今のライザにはそれがよくわかる。でも、今となってはもうどうでもいいことだ。ロークは私を愛していたわけではない。ただ、私の体がほしかっただけなのだ。若く無邪気だったかつての私はロークの欲望を愛と取り違えていたのだ。

「ところでライザ、僕と一緒に島に帰るんだろうね？」ロークが決めつけるような口調で言った。

「ヘレンが文句を言わないかしら？」

「僕とヘレンの関係を君にとやかく言われるすじ合いはない。君はヘレンを軽蔑《けいべつ》しているのかもしれないが、少なくとも彼女は正直だ」

「ええ、そうでしょうとも」ロークがヘレンをかばったので、ライザはいきりたってロークをにらみつけた。「それにヘレンが誰と関係を持とうが構わないのよね？　あなたがヘレンの最初で最後の恋人だとは言わせないわよ。それにひきかえ……」

「問題は君の純潔だ！」ロークが怒りに顔を上気させ、両手でライザの手首を荒々しくつかんだ。

「そうかしら？」ライザはロークの手をふりほどこうとして、かすれた声を出した。「だって初夜の晩に言っていたじゃない、〝僕はほかの男の残りものなんかほしくない〟って……。ヘレンをほかの男と分け合うのは構わないの？」

「君は僕の妻だったからだ！」ロークはあの時の怒りを思い出したらしく、目をぎらつかせて荒く息をついた。「僕は君の汚れない体を守ろうとして、われながら涙ぐましい努力をしていた。だが、そんなことはすべて無駄だったんだ！　本当に僕を苦しめたのは君がほかの男のものになっていたということよりも、ピーターズの責任を僕になすりつけようという、君のその恥知らずな心だったんだよ」


ライザの平手がロークの頬にとび、狭い室内に鋭い音が響いた。ライザは真っ青な顔をして、呆然《ぼうぜん》とロークを見つめていた。その体が驚愕《きようがく》のあまり、わなわなと震えている。他人に暴力を振るったのは生まれて初めてだったが、つかの間、てのひらに走った痛みには解放感や快感につながるものがあった。

「ライザ……！」


ライザはいきなり強く抱きすくめられた。ロークの腕にじわじわと力がこめられると、恐怖で胸が張りさけそうになる。ロークは力をゆるめて片手をライザのあごにかけ、あおむかせた。

「どうしたんだ？」目をきらきらと輝かせて頬を真っ赤に染めているライザの顔を覗《のぞ》きこむと、ロークはあざけるように言った。「グレッグが満足させてくれないのか？　それともいろいろな男を試してみたいだけかな？　君がさっきみたいな真似《まね》をしたのは、こうして僕に抱きしめられたかったからだ。そうだろう、ライザ？」

「違うわ！」ライザは激しく否定した。ロークはよくもそんなことを思いつくものだ。「たとえ地球上にあなたしか男がいなくなったとしても、あなたにさわってほしくなんかないわ！」どうにもならないほど体を震わせながらも、きっぱりとした口調で言葉を続ける。「ヘレンならそういう計画ずくめのお芝居をするのかもしれないけど、私は違うわ。さあ、放して！」

「ヘレンは自分のほしいものを手に入れるのに、そんなまわりくどいことはしない」ロークはライザの要求を無視して言った。

　ロークの唇がライザの唇をとらえ、激しくむさぼった。唇が腫《は》れそうなほどの乱暴なくちづけだった。ロークは欲望に突き動かされたんじゃない、私に罰を与えているつもりなんだわ。胸を焼きつくすかのような痛みに耐え、心の中で悲鳴をあげながら、ライザは頭の隅でそう考えていた。

「もう行かなくては」ライザから手を離すと、ロークが感情の混じらない声で言った。「だが、また明日来る。その時こそ返事を聞かせてもらうよ」

「もし返事がノーだったら？」ライザの声はうわずっていた。

　一瞬ライザはなぐられるのではないかと思い、とっさに体を引いた。ロークはライザの恐怖を読み取って、侮蔑するように口もとをゆがめた。

「昼間言ったように、父親は一人息子を引きとる権利があるんだ。おとなしく言うとおりにしたほうがいい。親父のことはどうでもよくても、やっぱり子供はかわいいんだろうからな」

　そのまま背を向けて去って行くロークを見送りながら、ライザは自分自身に問いかけた。どうして私はもっと強く真実を主張して、ロークを罰しようとしなかったのだろう。ロークにとっては真実を知ることが何ものにもまさる罰なのに……。私にしてきた仕打ちを考えれば、ロークこそ罰を受けて苦しむべきなのに……。だが、ライザには復讐《ふくしゅう》などということは不可能だった。ライザは自分でそれをよく知っていた。

5

「ママ、ママ、起きてよ！」

眠りから覚めきらない目に、ロビーの小さな顔が映った。母親譲りのブルー・グリーンの目をきらめかせ、なじるような表情でこちらを見つめている。

「いつまで寝ているの？　僕はとっくに起きているんだよ」

不意にロビーに対する愛情がこみあげてきて、ライザは片肘をついてロビーを見つめ返した。自我が強く、子供ながらにしっかりしているところもロークの性格を受け継いだのだろう。だが、ロークはそれを決して認めようとはしない。ロークにしてみれば、この子はマイクの子供なのだ。黒くつややかな巻き毛も、すでにできあがっている骨格も、すべてがロークによく似ているのに……。

階下で郵便物がポストに投げ入れられたような音がした。ロビーが大急ぎで見に行くと、ライザもゆっくり起き上がった。

シャワーを浴びようと浴室に入った時、ロビーがひとりごとを言いながら階段をのぼって来る足音がした。ライザの顔に微笑がうかんだ。ロビーはまだ大人のようにすいすいと階段をのぼることはできない。例によっておぼつかない足取りで一歩一歩のぼっているのだろう。数分後、ようやくここまでたどり着いたらしく、ライザは背後で浴室のドアが開かれる音を聞いた。タオルを取ってちょうだいと声をかけてから、蛇口をしめてシャワー・ルームのドアをあけた。そのとたん、ロビーが一人ではないことに気づいて全身を硬直させてしまった。ロビーと一緒にロークが立っていたのだ！　ライザはロークの差し出したタオルを引ったくるようにして体に巻きつけ、敵意に満ちた目でロークをにらんだ。

「どうしてあなたがここにいるの？」ロビーを廊下に追いやりながら、かん高い声で詰問する。「どうやって入ってらしたの？」

「ロビーが入れてくれたんだ」ロークはライザの裸を目にしたことに動じる気配もなく、落ち着きはらって答えた。

「僕、おなかがすいちゃった」大人二人の顔を見比べながらロビーが言った。

「階下《した》に行ってなさい、ロビー。ママもすぐに下りて行くわ」言いながら、ライザはその場を動こうとしないロークに刺すような目を向けた。「悪いけど私は服を着たいのよ。あなたが礼儀という言葉とは無縁の人間だということはよくわかったわ――こんな所にまで押しかけて来るんですものね。でも、私は服を着るぐらいのことでご近所をさわがせたくないわ」

「まったく君には驚かされるよ」ロークは冷笑するように言うと、ライザのために道をあけた。ライザは寝室に落ち着くと、全身に震えがきているのを自覚した。シャワー・ルームのドアをあけてそこにロークの姿を見た瞬間、時が錯綜《さくそう》して過去の同じようなシーンがよみがえった。あの時に知った激しい感情のうねり、胸の高鳴りが、今またライザを襲っている。

だが、ライザはもう十七歳ではない。二十二歳でしかも一児の母なのだ。その子の父親が認知を拒否していることは、この際どうでもいい。

ライザは手早くジーンズとチェックのシャツを身に着けた。ジーンズは比較的新しいもので、ライザのすんなりとした脚を強調してくれる。しめり気を帯びてくしゃくしゃになった髪は後ろで一つにまとめゴムでとめた。

部屋を出ると、階下からコーヒーとトーストの香ばしいにおいが漂ってきた。ライザはキッチンのドアを勢いよくあけた。と、家庭的な光景がいきなり目にとびこんできて、ライザの心を妙にしめつけた。ロビーは椅子に座ってトーストを食べており、ロークは横に立ってロビーに話しかけていた。二人はそっくり同じ目つきでライザを見た。もしロークが自分でその情景を見ることができたなら、ロビーがほかの男の子供だなどと言うことはできないだろうに。だがロークはヘレンの言葉を信じたのだ。すでにあの時にはライザと結婚したことを後悔していたからなのだろう。現にロークは今までライザを捜そうともしなかった――とうとう捜しに来たと思ったら、それは自分のためでなくリーのためだった。

「僕たち、大きな飛行機に乗って遠い所に行くんだって」ライザが腰をおろすと、ロビーが無邪気な口ぶりで言った。「パパも一緒なんだって」

ライザははっとして顔を上げ、目をむいた。

「いいんだよ。僕からロビーに説明したんだ。僕がパパだってね」ロークがライザの先まわりをして言葉をはさんだ。

「ママったら、あんまりパパのこと話してくれなかったじゃないか」ロビーがとがめるように言った。

ああ、なんということを……。ロークはよくもロビーに向かって自分が父親だなどと言えたものだ。いずれ本当のことを知った時に、ロビーはロークのこの父親宣言をどう思うだろう？

「どうかしたかい？」ライザが立ち上がって、震える手でやかんに水を満たす背後から、ロークが声をかけた。

「どうもこうもないわ！　よくもロビーに自分が父親だなんて言えたわね！」声をひそめながらも鋭くなじる。

「僕が父親だということを、ロビーが信じなかったら誰が信じるんだい？」ロークの口調はあくまで穏やかだ。「それに、僕は親父《おやじ》を悲しませたくないんだ。親父を生に執着させる何かがほしい。ロビーがその何かになってくれればいいと思うんだよ」

「それじゃ最初からそのつもりだったのね？　あなたは私を連れ戻しに来たのではなくて、ロビーが目当てだったんだわ」

「親父には君とロビーの両方が必要なんだ」

「だってあなたはロビーのことを知っていたんでしょう？」

「君が子供を身ごもっていたことは知っていたさ。君が自分でそう言ったじゃないか」

ライザはロークの無表情な顔を見すえ、感情を外に出さない彼の強さに内心舌を巻いた。ロークは私を憎んでいる。それでいて、自分の父親のために私とロビーをセント・マーティン島に連れて帰り、マイクの子供であると思いつつも、ロビーを自分の子として押し通すつもりでいる。

いや、ロビーは本当にロークの子なのだ。ロークの息子としてセント・マーティン島で暮らす権利があるのだ。その権利を取りあげるだけの力は私にはない。

「心配いらないよ、ライザ」ロークが苦悩にゆがむライザの顔を見て優しく言った。「僕は、親がどうあろうと子供には罪がないという考えだ。ロビーにつらくあたるようなことはしない。第一、僕の頭は親父の健康を回復させることだけでいっぱいだ」

「つまり私と顔を突き合わせて毎日を過ごす覚悟もできているってわけ？」

「そういうことだ。僕は親父のためとあらばなんでもするつもりだよ。君の息子を僕の子供として受け入れることもね」

「度量の広い人ですこと。あなたが自分を殺してまでパパになってくれたんだと知ったら、ロビーもさぞや感謝するでしょうよ。だいたいどうしてあんなことをロビーに言ったの？　ママの友達だというだけでよかったんじゃない？　子供だって馬鹿じゃないわ。ロビーは、自分にはママしかいないんだとあきらめかけていたところなのよ。それなのにあなたが父親の名乗りをあげたら、ロビーは本当にあなたに父親役を期待するようになるわ」

　かつて、ライザのおなかの子を自分の子供とは絶対に認められないと断言したのはローク自身ではなかったか。

「本当に父親になってみせるさ――少なくとも君たちがセント・マーティン島にいる間はね」

　では、そのあとは？　ライザの胸はきりきりと痛んだ。ロークは私たちを利用するだけ利用しておいて、リーの体が回復したら、その時にはあっさり放《ほう》り出すつもりなのだろう。私はいい――五年前に島を出た時の苦しみを思えば、もうどんなことにも耐えていけそうな気がする。でもロビーは……？　もしもロークになついてしまったら、もしも本当に父親として慕うようになってしまったら、捨てられた時にはどんなに傷つくかしれない。あの子を守ってやれるのは私しかいないのだ……。

「今夜の飛行機を予約しておいた。親父にも連絡した。もし君が親父を説き伏せて手術を受ける気にさせてくれたら、僕はどんな援助も惜しまないよ、ライザ」ロークはそう言いながら狭い家の中を見まわした。この申し出にはライザもとびついてくるだろうと思っているのだ。

　ライザの全身を怒りの火が駆けぬけた。「私が何をするにしても、それはリーのためであってあなたのためではないわ。ほかに何もいらないわ。リーは私にとっても大切な人ですもの……」

「その大切な人に、失踪《しっそう》したきり居所も知らせないとはね！」とロークはせせら笑う。「君は自分が親父をどれほど苦しめたか考えたことがあるかい？　そして君が出て行った数週間後にマイク・ピーターズも島から出て行った時に、どんな噂《うわさ》がたったか……」

マイクも島を出た？　それは初耳だった。

「しらばっくれるのはよせよ。君たち二人がパリで一緒にいるところを、たまたま旅行中のヘレンが見たそうだ……」

「ヘレンならそのくらいの嘘《うそ》は言いかねないわね」ライザは思わず語気を強めた。「私はセント・マーティン島を出て以来、マイクとは一度も会っていないわ！」

ロークはその話題はもういいと言うように軽く肩をすくめ、ライザは不意にロビーの視線を意識した。

「何を怒ってるの、ママ？　パパとけんかしているの？」心配そうにロビーが尋ねる。

ライザはロビーの前で口論してしまったことを悔やんで唇をかんだ。ロビーを安心させようと口を開きかけたとたん、驚いたことにロークが両手でロビーを抱き上げた。

「けんかじゃないんだよ、ただお話ししていただけなんだ。ママはちっとも怒ってなんかいないよ」

ロビーはロークの言葉で納得したらしい。普段はもっといろいろききたがるはずなのに、もうロークに手なずけられてしまったのだろうか？

ロビーは別のことが頭にうかんだらしく、ロークに向かって真顔で質問をぶつけた。「パパはどうして今まで会いに来てくれなかったの？」

「会いに来たくても来られなかったんだよ」ロークはあっさり答えた。「でも、今こうして迎えに来たろう？」

「パパのおうちに行くんだね？」すでにそう教えこまれている口ぶりだ。「パパは本物の島に住んでいるんだよ、ママ。僕もきっと泳げるようになるね？

でも、学校はどうなるのかなあ」

学校！　そこまではライザも考えてなかった。だがロビーが学校にあがる年になるまで、二人がセント・マーティン島にいるかどうかは疑問だ。しかしロークはためらいもなくこう言ってのけた。「島にも学校はあるんだよ、ロビー。それにもっともっと大きくなったら、パパと同じようにこのイギリスの学校に入るんだ」

ロークはライザの形相に気づいてロビーを床におろした。ロビーがすぐにおもちゃで遊び始めたので、ライザは低い声で文句を言った。「あそこまで言う必要があって？　ロビーの記憶力はすごいのよ。子供には罪はないって言ったでしょう。考えもなしにあんなことを言って、あとでロビーがあれは嘘だったと知ったらどう思うかしら？」

「その時はその時さ。だいたい君はなぜそんなにいきりたっているんだ？　僕がロビーの気持を傷つけるかもしれないからか？　それよりヘレンが僕に真実を告げることさえしなければ、ロビーを僕に押しつけるのは簡単だったと今さらのように思うからじゃないのかい？」

「真実ですって？」ライザはうつろな笑い声をあげた。「あなたがどんな真実を知っているというの？　あなたには何もわかってはいないんだわ、何も！」

ついでに島へは帰らないと言ってやりたいところだったが、リーのことを思うとそれはできなかった。リーとロビーを会わせたら、お互いどれほど喜ぶだろうか。自分勝手な理由で祖父と孫を会わせないわけにはいかない。ライザの心はもう決まっていた。

飛行機の時間に間に合わせるためには、すぐに支度をしなくてはならない。何よりロビーの夏服を買って来なければならなかった。ライザが買い物で留守にする間、ロークがロビーを見ていてくれると言った。十一月に夏物を見つけるのは容易なことではなかったが、どうせそう長く滞在するわけではあるまい。なんとか必要最少限のものだけを買いそろえると、ライザは日の傾きかかったころ家路を急いだ。

家に着いて居間のドアをあけると、思いもよらぬ光景がライザの目を射た。アームチェアに座って居眠りをしているロークの膝の上で、ロビーもまたやすらかに寝息をたてている。その安心しきったような寝顔がライザの胸をしめつけた。この子は今まで父親の膝を知らなかったのだ……。

ライザは気を取り直して二人に近づいた。ロークの寝顔に吸い寄せられるようにしてわれ知らずそっとかがみこむと、ロークが目を開いた。目が合ってつかの間じっと見つめ合ってから、ロークが物柔らかに言った。「これからグレッグなしでどういうふうにやっていこうかと考えていたんだろう？　あいつが君の今の恋人らしいからな」

ライザはむっとして言い返した。「グレッグは少なくともヘレンよりも誠実で思いやりがあるわ！　あなたこそまだ彼女とつき合っているんでしょ！」

「だったらどうだと言うんだ？　まさか、やきもちをやいているわけじゃあるまい？」

「私が誰に？　あなたのたくましい肉体をむさぼっているヘレンに？　あなたに言わせれば私はあなたの体なんか知らないんだから、やきもちのやきようがないということになるんじゃない？」

ロークは一瞬言葉につまったが、すぐにあざけるような表情をうかべた。「想像力が媚薬《びやく》になる場合だってあるんだ……」

ロークの嘲笑《ちようしよう》にライザは怒りを爆発させた。

「私があなたに抱かれることを想像したことがあると思っているんだったら……」

「想像したことがないかい？」ロークはライザの上気した顔を見つめ、やんわりとさえぎった。「ないのかい、ライザ？」

不意にロークの腕が恋しくて眠れぬ夜を過ごした幾多の記憶が胸にあふれだし、ライザの肌が汗ばんできた。その目はロークの口もとに吸い寄せられ、足は細かく震えだす。体の芯《しん》がとけていくようで、もうすじ道立ててものを考えることもできない。ロークはそんなライザをじっと見つめている。ライザがふらりとロークのほうに倒れかかりそうになったその時、ロビーが彼の腕の中で急に身動きして、ライザを呪縛《じゅばく》していた魔法を解いた。

ロークは冷たくせせら笑うような目をしてぴしりと言った。「気をつけるんだな、ライザ。今の君は肉欲を備えた女そのものだった。だが僕は君の欲望を満たしてやるつもりはない」

ロークがロビーを椅子におろして立ち去ってからも、ライザは何かうまい反論はできないものかと考えをめぐらしていた。

「疲れたよ、ママ！　いつになったら着くの？」

「もうすぐだよ、ロビー」飛行機が離陸してからずっと新聞を読みふけっていたロークが、顔を上げてロビーをなだめた。確かに子供には長すぎる旅で、ロビーは少々むずかり始めていた。

「今夜はセント・ルシア島に泊まって、明日の朝カストリーズ港からレディ号でセント・マーティン島に渡るんだ」

「レディ号？　まだあの船を持っていらしたの？」ライザがつぶやくように言う。

「当然じゃないか。僕が失恋の悲しみに耐えかねてあの船を処分したとでも思っていたのかい？　そんな馬鹿馬鹿しいことはしないよ。最近ではよく人に貸すんだ。レディ号はハネムーンのクルージングに人気があるんだよ」

「ハネムーンってなあに、ママ？」ロビーは初めて聞く言葉に興味を持ったらしい。

「旅行の一種よ」ライザはあいまいに答え、ロビーの興味がほかにそれたのでほっとした。リーが回復して私たちがイギリスに帰れるようになるまで、いったいどのくらいかかるのだろう？　こんな質問は出発する前にしておくべきだったのだろうが、あの時は慌ただしすぎてきけなかった。

ライザはロークに向き直った。「リーの病気はどんな具合なの？」

「本当ならちゃんとした病院に入院させて、手術を受けさせたいところだ。つまり決してよくはない。ところが本人が手術を拒否している。手術をしても成功の可能性は五十パーセントしかないことを知っているんだ」

ライザの目に涙がにじんだ。今になって、自分がどれほどリーに会いたかったかがよくわかる。

「ロビーのことはリーに話したの？」ライザはロークの顔を見ずに尋ねた。

「いや、この間電話した時には言わなかったから、いきなり会わせたらどれほど喜ぶかしれない。向こうに着いたら、君が妊娠に気づいたのは僕と別れたあとのことだったと言うつもりだよ。これなら一応すじは通っている。君が姿をくらましたのは結婚初夜があけてからだと親父は思っているからね。僕は今回ロンドンで君を見つけ出すまでは、自分の子供が生まれていたことはまったく知らされていなかった。大いに喜んだ僕は君に和解を求め、晴れて妻と子を呼び戻すことに成功した。こういうすじ書きで親父を安心させるつもりだよ」

「リーは信じるかしら？」

ロークは薄笑いをうかべた。「ロビーを見れば信じたくなるだろう」

「あなた自身、ロビーを自分の子だとリーに信じさせるつもりでいるのね？」

「実の娘同様にかわいがっていた無邪気なねんねが

不義の子を産んでいたと知ったら、病気にさわるだろうからね」

「ヘレンには事情を話すの？」ライザは低い声で尋ねた。

「ヘレンは君が来ても別に気にしないだろう。第一、僕とヘレンの関係は君の知ったことじゃない」ロークの返事はあくまでひややかだった。

二時間後、飛行機はセント・ルシア島に到着した。この熱帯の暑さをライザは忘れかけていた。飛行機を降りたとたん、焼けつくようなかわいた空気が三人を取り巻いた。

空港では運転手付きの車がすでに待機していた。ロークは眠そうに目をこすっているロビーを抱き上げて先に乗せ、つづいてライザのために反対側のドアをあけた。と、その時、すぐ横に真っ赤なスポーツカーが埃《ほこり》を舞い上げて急停車した。ヘレンだ！ライザはみぞおちのあたりがきゅっと痛むのを感じた。

ヘレンはいそいそと車を降りると、ライザを無視してロークに抱きつき、キスをせがむように顔をあおむけた。時間が逆戻りしたように、ライザはぶきっちょな小娘に戻っていた。

「よかったわ、間に合って……。カストリーズ港からまっすぐ車をとばして来たのよ」ヘレンが甘ったるい声で言った。「レディ号のエンジンが故障したみたいなの。しばらくは人にも貸せないわよ」ヘレンはロークとの親しさを見せつけるために、わざと大げさにはしゃいでいるのだろうか？　ライザの顔を見ると、ようやく言葉少なに言った。「よく戻って来たわね、ライザ。驚きだわ」

「そうおっしゃると思ったわ」ライザは静かに答えた。車の中から大人たちをじっと見つめていたロビーに向かって、優しく声をかける。「ロビー、ヘレンにこんにちはをおっしゃい」

「こんにちは。パパのお友達？」

ヘレンはロークとそっくり同じ顔をした子供を見て顔色を変えた。「この子、あなたをパパと呼んだわ！ どういうことなの、ローク？ こんな子まで連れて来るなんて！」と、ロークに突っかかる。

「置いてくるわけにはいかなかったのさ」ロークはのんびりとした口調で答えた。「それに一緒に連れて帰るとなったら、〝おじさん〟と呼ばせるよりは〝パパ〟と呼ばせるほうがいいからね。親父を新たな問題で苦しませたくないんだ」

「ねえ、あなたは私の車に乗って行って。ライザと子供はそっちの運転手にまかせればいいでしょ？」

ライザはロビーの不安そうなまなざしに目をとめた。長い飛行機の旅に疲れ、暑さにぐったりとしているところに大人同士のなんとも不可解なやりとりを耳にして、心細くなっているのだろう。ライザが優しくなだめようとした瞬間、驚いたことにロークがロビーの隣に体をすべりこませた。

「またの機会にしてくれ、ヘレン。これからまっすぐホテルに行って、少しこの子を休ませてやらなくちゃならない」

「うまく自分の子をロークに押しつけたわね」まだ車の外に立っているライザに、ヘレンが怒りの目を向けて言い放った。「でも、今はともかく、ロークは子供のためにそうそう時間をさくような人じゃないわ！ ましてほかの男の子供なんか！」

「ロビーはロークの子供よ」ライザの口調は物静かだった。「あなたやロークがなんと言おうと、この事実は変えられないわ」その声には真実の重みがあった。

ヘレンは青くなった。「そんなの嘘よ！ あなたは結婚したその日のうちに、ロークのもとから逃げ出しているじゃないの！」

「それでもロビーがロークの子であることには変わ

りがないのよ」

「自分でそう信じたいだけだわ。それともリーにそう信じさせたいからでしょう！」

「事実は事実なのよ。あなたは信じたくはないでしょうけれど、事実なのよ」言うだけ言うと、もう相手に反論のすきを与えずにライザは車に乗りこんだ。

　ロビーはすっかり機嫌を直したらしく、周囲の風景を物めずらしげに眺めまわしてはロークにしゃべりかけていた。

　空港とカストリーズ港近くのホテルはちょうど島の端と端にあたり、着くまでの道のりは長かったが、ロークがロビーの話し相手になってくれたので、ライザはただぼんやりと窓の外を眺めていた。この前にここを通ったのは、母の死後、ロンドンから帰って来た時だった。あの時は自分の行く手に何が待っているのか夢想だにしなかったが、そのあとライザは少女から大人になった。男の欲望を知り、最後には男の侮蔑《ぶべつ》を知った……。ライザが目にうかぶ涙を必死でこらえているうちに、車は大通りから脇道《わきみち》に入り、ヘイワード一族の経営するホテルに向かった。

　間もなく南国風の庭園に立ち並ぶ、ホテル付属の立派なコテージが見えてきた。彼らのコテージはとりわけ大きくて、居間と浴室とキッチンに寝室二部屋という間取りになっていた。

　荷物を運びこむと、ライザはすぐにロビーを寝かせる支度をした。先に風呂に入らせてロビーの食事には何を頼もうかと思案しているところに、若いメイドがナプキンのかかったお盆をささげ持って登場した。

「ローク様のお言いつけで、坊ちゃまのお食事を持ってまいりました」驚いた表情のライザに、メイドはにこやかに告げる。

「スープにトーストにアイスクリームだ」ロークが不意に寝室から出て来て、説明した。「高級レストランの味にはおよばないが、それで十分だろう」

ロークの気配りにライザはびっくりしたが、あとにつづいた皮肉の強烈さに、その驚きもすぐにぬぐい去られた。

「息子の食事を父親が心配するのは当然だろう、ライザ？　まして僕は五年もあの子を放っておいたんだ――君との言い争いのおかげでね。そうだ、思い出した……」ライザはロビーに食事をさせようとしていたところだったが、ロークのもの思わしげな口調に思わずふりかえった。

「何を？」

「いや、なんでもない。二、三、電話をかけなくてはならないんだ。それだけだよ。三十分くらいで戻って来る。君の食事はどうする？　レストランに行くなら予約をして行ってもいいが……」

「できればここでいただきたいわ。わざわざ着かえるのは面倒ですもの」

「うん、そのほうがいいかもしれないな。僕たちは和解したばかりのカップルという触れこみだ。世間には、このコテージで二人きりの食事を楽しんでいると思わせたほうが真実みがあっていい」

「ここはまだセント・マーティン島ではないのよ。人がどう思おうと、大した問題じゃないわ」ライザは鋭く言った。

「君はここの社会がどれほど小さなものか、ここらでの噂の伝わり方がどれほど速いか、忘れているよ。僕は万が一にも親父を心配させるような真似《まね》はしたくないんだ。わかるだろう？」

それでライザはわかったつもりになった。だが、ロークの用心深さを本当に思い知らされたのは、もっと先のことだった。

ロビーを寝かしつけてしまうと、ライザはシャワーを浴び、ローブを着てソファーに腰かけた。ロークが買ってくれた雑誌を読むつもりだったが、張りつめていたものがゆるみ、疲れが出て活字はやがてかすみ始め、三十分後にロークが戻って来てコテージのドアが勢いよく開かれた時には、ライザは正体もなく眠りこんでいた。

　ロークはソファーに近づき、薄いコットンのローブをまとったライザの寝姿を見おろした。その目に残酷な表情をうかべてそっとライザを両腕に抱き上げる。抱き上げられても、ライザは目を覚まさなかった。ロークはそのままライザを、すでにロビーが急ごしらえの小さなベッドで休んでいる寝室へと運んだ。

「ライザ」ロークは声に悪意をひそませてひとりごちた。「昔はまんまと君の魅力の罠《わな》にはまってしまったが、今度はそうはいかない！」

6

「起きてよ、ママ！　僕とパパはもう朝ごはんを食べちゃったんだよ！」

　ライザはロビーの声に無意識に返事をしながら、まだ眠りをむさぼろうとしていた。まるで夢のほうが現実の生活よりも楽しいのだと、意識の底でささやかれているかのように……。

「起きなさい、ライザ。あと三十分で出発するぞ」

　ライザはぱっと目をあけ、慌てて上体を起こした。戸口の所にロークが立っており、彼の脚にロビーがもたれかかっている。一瞬、本当に自分たちが幸福な家族であるかのように錯覚したが、すぐに現実の厳しさを思い出す。すると、もうロークの顔もロビーの顔も見ることができなかった。ロークがそっくり同じ顔をした息子と一緒にいるのを見ると、かつてロークのそばにいて感じたあの甘美な脱力感にまたもや心がとらえられる。この五年間、ロークの男としての魅力は忘れていたが、今ロビーと戸口に立っている彼を見ると、かつてロークに惹《ひ》かれていたのを思い出して、体が自然に震えてくる。でも、惹かれていたのは昔の話、ライザはそう心につぶやいて、自分をしかりつけた。

「ライザ」ぼんやりと物思いにふけっているライザにロークはとげとげしい口調で呼びかけ、つかつかとベッドに近づいて来ると、ライザが止める間もなく毛布に手をかけた。

ロビーがその横ではしゃぎ声をあげる。

「自分で起きられないんだったら、手伝ってもいいんだよ。昔の君は早起きだったような気がするが」

そう言いながらロークは勢いよく毛布を引きはがし、ライザは薄いローブを着ているのに裸にされたような屈辱を覚えた。ロビーは二人の大人の間にとび散る火花には気づかず、ベッドに乗ってライザにぴったり寄りそった。

ロークは毛布をはぎとったあとは身じろぎもしなかった。捕虜を前にした海賊のように腕ぐみをして二人をじっと見おろしている。そのまなざしに、ライザは一瞬ロークの苦悩を見たような気がして心が痛んだ。ロークはロビーを見ていた。この子はあなたの子なのよ――ライザは再びそれを口に出して言いたい衝動にかられたが、やはり黙っていた。自分の目で証拠を見ても信じられないくらいなのだから、ライザの言葉が信じてもらえるわけがない。何か魂胆があって嘘《うそ》をついているのだと思われるのが関の山だろう。それに、真実を知ることがロークにとって必ずしもいいこととは言えないのだ……。

「パパ、どうしてそんな目で僕を見るの？」ロビーが顔をしかめて言った。「パパ、なんだか悲しそうだよ。ねえ、ママ？」

　ライザはロークの顔を見ないようにしてそそくさと言った。「いい子だからベッドから下りてちょうだい、ロビー。ママが着がえられないでしょ？」

「何が悲しいの、パパ？」ロビーはベッドからぴょんと下りると、なおもロークに食いさがる。

　ライザは起き上がって浴室に行こうとして、ロークの日焼けした顔が紅潮しているのに気づいた。

「どうかしたの、ローク？」ロビーを慰めたりなだめたりする時にやるように、思わずロークの腕に手をかけて尋ねたが、ロークが不快そうに体をこわばらせたので、今度はライザが顔を赤くして手を引っこめた。

「別にどうもしない」ロークの口調ははっきりしていた。「ただ、本当ならロビーは僕の子供であるはずだったなどと僕がうっかり思い出すことがたまにあるとしても、その気持は理解してほしい。ロビーはいい子だ――君によく似ている」

「目は私の目だわ」ライザは上の空で答えた。今の言い方からすると、ロークはまるで自分たちの破局を悔やんでいるみたいではないか……。だがライザの知る限り、ロークはライザを捜そうともしなかったのだから、やはり本当の愛情を抱いていたわけではないのだろう。

「ピーターズにはほとんど似ていないな」それを言うのは精神的にも肉体的にも苦痛であるかのような、つらそうな口調だった。

「この子は父親にそっくりだと思うわ」それは事実だ。ロビーはロークに似ている。たとえロークの目にはそうは見えないとしても、たとえロークは認めなくても――と、ライザは苦い思いを胸にかみしめる。今でもヘレンと親しくつき合っているのだから、なおさらロビーを自分の子とは認めたがらないだろう。ヘレンとはいずれ結婚するのだろうか？　いや、先のことは考えまい。ロビーのために、ここでの生活はできる限り楽しいものにしてあげたい……そしてリーのために。

　五年前、ライザはセント・マーティン島からイギリスに逃げ帰り、ロンドンに着くとすぐにリーに手紙を書き、事情をありのままに説明した。だが、ついに返事は来なかった。リーもロークと同じように、私を憎んでいるのではないかしら？

「ピーターズとはうまく落ちあえたんだろう？」ロークはあざけるように言葉を継いだ。「僕がセント・ルシア島まで君を捜しに行って結局見つけられずに帰って来た時、ピーターズはまだ島にいて、僕に会いに来たよ。君と同じように子供は僕の子だと言って、ひどく君の身を心配していたが、自分の姓を君たち二人に名乗らせるほどには心配していなかったんだな。そしてそれは僕のために残しておいてくれたわけだ。ライザ、君はなぜ僕と結婚した？」

　ロビーが目を丸くして親同士の会話を聞いているので、ライザはつとめてさりげなく答えた。「決まっているわ、愛していたからよ」

　ロークの目にうかんだ激しい怒りの色に気づいて、ライザはその場に凍りついた。「嘘だ。君は断じて僕を愛してなどいなかった。もし愛していたんだったら、君は……」ぷつりと言葉を切ったロークの顔は、ライザがはっとするほど青ざめている。「早く着がえたほうがいい。飛行機の時間に遅れてしまう。かつて君を連れずにセント・ルシア島から家に戻った時のことを思うと、もう二度とあんなごたごたはくりかえしたくないんだ」ロークは冷たく言って、寝室から出て行った。

　私を見つけられずに家に戻った時、何かあったのかしら？　ライザは唇をかんだ。今さら考えてどうなるの？　いえ、それよりも、どうして私はロークに無関心でいられないの？　どうして体が震えてしまうの？　ロークへの愛は、はるか昔に置き去りにしてきたはずなのに！

この島は全然変わっていない——双発の小型飛行機からセント・マーティン島の滑走路に降りたった時、ライザはそんなことを考えていた。途中、空の上から屋敷が見えたが、そのころからライザの気持は落ち着かなくなっている。どんなふうに迎えられるのだろうか？　リーは本当に私に会いたがっているのかしら？　そうだとしたら、なぜ手紙に返事をくれなかったのだろう？　単に、あの時は実の息子に対する義理とか遠慮とかで返事が書けなかっただけで、本心では私の気持を理解してくれていたのかしら？

母親の不安が伝染したのか、ロビーもしっかりとライザのスカートを握って放さない。

ライザは柔らかなコットンのブラウスとスカートを着ていた。白地にブルーとラベンダー色の模様が優雅に散ったその服は、ライザのブルー・グリーンの目とすきとおるような白い肌によく似合う。ロビーを産んでからもその体つきは相変わらずほっそりしていたが、ただ服の上からでもはっきりわかる胸のふくよかさが、彼女がもう娘ではないことを告げていた。

小型飛行機のパイロットがそんなライザをうっとりと見つめていると、ロークは目に侮蔑《ぶべつ》の色をうかべた。ライザ自身、男たちの物ほしげな視線にはもう慣れていたが、それに対するロークのひややかな目つきには驚かされた。

「君は僕の妻としてこの島に戻って来たんだということを忘れるなよ」ライザの腕をつかんでロークがささやいた。「僕たちは和解したんだ、あらゆる意味でね。それを頭にたたきこんでおくんだ」

その時のライザはリーがロビーの存在をどう受けとめるかということばかりが気になって、ロークの言葉にこめられた深い意味に気づく余裕はなかった。

　車が屋敷の玄関に近づいた時、ライザの予想に反してリーが床を離れたらしく、ケイスに支えられて迎えに出ているのが目に入った。やつれて老けこんではいるが、間違いなくリーの姿だ。車の窓からリーを見つめながら、ライザはついにはらはらと涙を流した。

　ロビーが不思議そうにロークに尋ねる。「どうしてママは泣いているの？」

　ライザはとっさに顔をそむけ、ロークの皮肉めかした返答にも弱みを見せまいと心の中で身構えた。が、ロークの口調は思いのほか優しかった。「さあ、どうしてかな。どうして泣いているんだい、ライザ？　後悔するには遅すぎるのに——その涙が後悔の涙だとしたらの話だが」最後の一言には残酷な響きがあったが、ロークは片手でそっとライザの肩を抱き、気づかわしげな目をして涙をハンカチで優しく拭《ふ》いてくれた。ライザの目に、また新たな涙がにじむ。どうしてこんなに涙が出てくるの？　なぜ泣けてしまうの？　ロークがあまりに優しいから？　失った愛の大きさが悲しいから？　いいえ、そうじゃないわ。今こうして〝わが家〟に帰って来たというのに、ロークと和解したというのはあくまでお芝居にすぎず、これからつらい演技をしなくてはならないからだろう……。

「少女に逆戻りだね」ロークの声のあたたかさにライザの胸は震える。

　ああ、でも油断してはだめ。しっかりしなくては。ロークにすがりつき、もう一度チャンスをください、私を抱いてくださいと懇願するようなことはしたくない。そこまで考えてライザははっとした。私はロークになんか抱かれたくない、ロークの愛などもう必要ではないはずだ。それなのに何を考えているの？

「確かに僕たちは仲直りしたということになっているが、いつまでも車の中にいてはおかしいよ」そう言いながらロークは車を降り、反対側にまわってライザが降りるのに手を貸した。

ライザはそっけなく礼を言い、新しくこみあげてきた涙を見られないよう、うつむいてスカートのプリーツを直すふりをした。

「ライザ」

両肩にロークの手のぬくもりを感じてライザは顔を上げた。ロークの長いまつげに縁どられたターコイズ・ブルーの目がぼやけた。背中に受けている日ざしもあたたかいが、両肩に置かれたロークの手のぬくもりはもっとあたたかい。こんなことがたしか昔にもあったような――そんな思いが胸にあふれ、ライザはロークを見つめつづけた。ロークは片方の手をライザの肩から首すじへと這《は》わせ、柔らかな髪を軽く愛撫《あいぶ》する。こうして息がかかるほどの近さで向かい合っていると、目を閉じるだけでロークの胸の中に吸いこまれてしまいそうだ。

「ライザ！」

今の声はロークだろうか、それとも風に揺すられた椰子《やし》の葉ずれの音だろうか。ライザの胸の奥底で熱く燃え上がるものがあった。体じゅうを熱い血が駆けめぐったが、ふと現実に返り、ライザはさっと体を引いた。しかし時すでに遅く、ロークは両手をライザのウエストにまわして強く引き寄せていた。ロークの唇で口をふさがれた時、ライザはもう抵抗する力を失って、浜に規則的に打ち寄せる波の音にも似たロークの心臓の鼓動を呆然《ぼうぜん》と聞いていた。ライザ自身の心臓は太鼓の乱打のように高鳴り、ロークに荒々しく唇をむさぼられるのをどうすることもできない。全身が情熱の炎に包まれ、膝が小きざみに震えている。

　ロークが解放してくれた時には、もうその場に座りこんでしまいたいくらいだった。今のくちづけでエネルギーを全部吸い取られてしまったかのようだ。かろうじて刺すような視線をちらっとロークに向け、それからまだ震えながら、ロビーのために車のドアをあけた。

　私はいったいどうなってしまったのだろう？　いや、そんなことは考えたくもない！　熱にうかされたように心につぶやきながらロビーを車から降ろすと、ロビーはロークに言った。「ママにキスしていたね？」

「パパとママはキスするものなんだよ」ロークはライザを横目で見ながら、あっさり答えた。「ママがほかの人にキスされるのを前にも見たことがあるかい？」

　ライザは怒りに目をきらめかしてロークをにらむ。

　ロビーはかぶりを振ると、しかつめらしく言った。

「ママは僕以外には誰にもキスしないんだよ」父親を見つめるロビーの目に、初めて疑わしそうな影がちらついた。「だって、僕のママだもの」

「いつまでこの子をだませるつもりでいるんだ？」ロークがロビーの頭ごしに、さげすむようにライザを見た。「今はこの子もまだ小さいから、君が男とお楽しみの時間にはおとなしく寝ていてくれるだろうが、いつまでもそううまくはいかない」

　ライザは憤怒のあまり言葉もなかった。それにその時にはすでにリーのそばに近づいていたから、声を荒らげることはできなかった。そう、リーのために、今は口論を避けなくてはならない。だが、いずれ今の侮蔑的な言葉とさっきの無礼千万なキスのお礼はさせてもらおう！　さっきのキス！　あれはレイプよりももっと屈辱的だった。

「ライザ！」リーの声にこめられた万感の思いとそ

の目にうかんでいる涙が、ライザを現実に立ちかえらせた。

「ライザ様！」ケイスが満面に笑みをたたえて声を合わせる。「本当によくお帰りになりましたね！　それによくまあ、お元気で……。こちらの坊やは？」

「僕、ロビー……。この人たちは僕のママとパパなの」

　一瞬の沈黙を破って、ロークが言葉を割りこませた。「電報は着きましたね？」

「今朝着いたよ」リーが深々とうなずき、ライザに向き直った。「ライザ、ああ、よく帰って来てくれた。過去は過去……ロークに何もきいてくれるなと言われているから、私も何も言うまい。だが、こんなかわいい孫まで連れて来てくれて、私は本当に幸せ者だ。まだ信じられないくらいだが……」その声が涙でとぎれた。

　ライザも胸がいっぱいで口がきけず、無言のままリーに抱きつこうと足を踏み出したが、ロークの言葉がそれをさえぎった。「実を言うと、父さんがライザに会いたいと言いだした時、捜しに行く口実ができて僕もありがたかったんですよ。そうしてライザに再会した瞬間、もう二度と彼女と離れまいと心に決めたんです」

「自分が父親になっていたと知った時にはさぞや驚いたろう」とリーは笑った。

「ロビーだって驚いたよな？」ロークは背をかがめてロビーの頭を撫《な》でた。「レディ号が故障したので、予定を変更して飛行機を使ったんですよ。ヘレンが出向いて来ていて、レディ号の故障を知らせてくれましてね」

「ヘレンが？」リーの表情が険しくなった。

「いいんですの」とライザは微笑した。「昔は確かに二人の関係にやきもちをやいたりしましたけど、私もあれから少しは大人になりましたわ。なんといってもロークの妻は私ですし……」

「それにロークの息子もいる」リーは感慨深げに言った。「それにしてもライザ、君にはかわいそうなことをしたな。おおかたロークが無理を言ったんだろう」

ライザは眉をひそめた。どういう意味かしら？　リーは私がなぜ島から逃げ出したのか知っているはずなのに――手紙にすべて書いたのに。

ケイスが用意しておいてくれた昼食のメニューはライザが昔好きだったものばかりで、どちらかというと食の細いロビーも夢中になっておなかいっぱい食べたのは驚きだった。ロビーは島に着いてからというもの、ずっとロークにまとわりついている。

昼食のあと、リーが言った。「悪いが私は失礼して休ませてもらうよ。医者の命令でね。手術をすすめられているんだが、手術を受けるためにはフロリダまで行かなくてはならんし、しかも成功の可能性は五十パーセントだというんだから」と、ライザに顔をしかめてみせる。

「ジェイムズ先生が言ってたでしょう？　まず、手術を受けられるくらいに体力をつけなくては」とロークが口をはさんだ。

「僕もお昼ごはんのあとはお昼寝したいな」ロビーがリーを見つめて子供らしい声をあげた。それまでずっとおとなしかったのだが、次の言葉がライザを慌てさせた。「おじいちゃんは僕のパパのパパなんでしょ？」

「そのとおりだよ」リーが真面目《まじめ》な顔でうなずいた。

「ねえ、みんなでずっとここで暮らすの？」この質問はライザに向けられたものだった。

「それは……」

「そうだよ」ロークが答えを引きとって、ライザにちらっと威圧的な顔を向けるとすぐに話題を転じた。

そんな嘘を言って、ここから出て行かねばならなくなった時にはなんと言って説明したらいいのだろう。ロークはどういうつもりでいるのだろう。ロビーを連れて二階に行く階段をのぼりながら、ライザはケイスにリーの病状を尋ねた。

「大だんな様はとても弱ってらっしゃいます。本当は起きたりしちゃいけないんですが、大だんな様が強情に言いはられたので、ジェイムズ先生も仕方なく許可してくださったんです」リーの病気がそれほど深刻ならば、ロークも彼の体に一層さわるようなことはしないだろうが、もしリーが手術を受け、健康を回復したら……その時はどうするつもりだろう？　ライザと正式に離婚して、ヘレンと結婚するのだろうか……。

ケイスは寝室の前で立ち止まり、ドアを開いた。ロークとライザが新婚夫婦として使うことになっていた、バルコニーつきの広く美しい寝室だった。フランスのアンティーク家具と大きなダブルベッド、それに繊細で華やかなインテリア……。

「結婚のお祝いに、大だんな様が特別に改装させたお部屋ですよ」ケイスはそう言ってから、にこっと笑った。「大だんな様はローク様がライザ様を見つけられずに一人で帰って来なさった時に、ひどくお怒りになられましてね。ライザ様は結婚には若すぎたんだって言ってらっしゃいましたが、お子様を作るには若すぎやしなかったんですね？」

それではリーは、私の心の準備ができていないのに、ロークが結婚を急いだのが破局の原因だったと思っているのかしら？　ロークはリーの思い違いを訂正しなかったのかしら？　でも私の手紙はどうなったの？　リーは受け取っていないようだけど、ロークが隠して読ませなかったのかしら？　どちらにしても、今さら過去を掘り起こしても仕方がない。五年も前のことを言いだしてリーの具合が悪化するようなことになったら大変だ。ライザは出かかった吐息をのみくだした。

「ロビー坊ちゃまはこちらでお休みになります」ケイスはライザの寝室のつづき部屋に向かった。

そこには小さなベッドと椅子が置かれている。昔はたしか化粧部屋だったはずだが、ライザの寝室ともつづいていることだし、ロビーの部屋にはうってつけだった。別のドアをあけると、そこは寝室と同じ色調の浴室になっている。

「本当にライザ様が帰って来てくださって、みんな喜んでおりますよ。ライザ様のいなくなったお屋敷は火の消えたようで、そりゃあ寂しいものでした。特にローク様はがっかりされましてねえ。でも、こうしてかわいい坊やまで連れて帰られたのだから、もうローク様も大だんな様も大丈夫ですね。ねえ、坊ちゃま？」とケイスは声をあげて笑った。

ロビーを寝かしつけると、ライザは寝室へ戻った。長旅で疲れているのだから、自分も昼寝したほうがいいとわかってはいたが、神経が高ぶって眠れそうになかった。

ふと、ある衝動にかられてライザは部屋を出て、階下に下りてみた。屋敷じゅうがひっそりとしている。それはこの時間帯にはみんなが昼寝をしているからだろう。いや、ロークは昔から例外だったし、ライザも昼寝なんて趣味ではなかった。

ライザの足は、それ自身が意思を持った生き物のように屋敷の外に出て、下の入り江につづくなつかしい小道を歩いて行った。断崖《だんがい》にきざまれた石段は所々すりへってでこぼこしている。ライザはその石段をくだりながら、ロークの祖先の海賊たちがカリブ海のあちこちでせしめてきた戦利品を手にして、意気揚々とここをのぼって来る図を思い描いていた。

三日月形の砂浜に出るとライザは靴を脱ぎ、太陽にあたためられた白い砂の感触を素足に楽しんだ。

そよ風はライザの巻き毛を優しくなぶり、潮騒は心地よい子守歌をかなでているようだ。周囲には人影もなく、今、この浜はライザ一人のものだった。不意に五年前ののんきで苦労知らずな自分に戻りたいという思いが胸の内に広がり、ライザはためらいもなしにスカートとブラウスを脱ぎ捨てた。自分の肌が砂に劣らず白く見えて、五年前にはよく日に焼けていたのにと顔をしかめる。海は手招きをしており、ライザはレースのブラジャーとショーツを取った。沖合のさんご礁に向かってあたたかな海を泳ぎ進み、さんご礁にたどり着くと、ふりかえって入り江の浜をじっと眺める。ライザは子供のころから、屋敷のプールで泳ぐよりも海で泳ぐほうが好きだった。ほかのどの海もカリブの海にはかなわないと思う。以前、休暇を利用して地中海に行ったことがあったが、あそこの海に比べても、ここは底まで見えるほどに水が澄んでいるし、何よりも俗化されていないのがいい。

さあ、そろそろ岸に戻ろう。波の感触をのんびり楽しんでいたら、ついうとうとしてしまいそうだ。こうして軽く泳いだだけで気持がなんとなくすっきりしたし、これで少しは眠れるかもしれない。

浜に泳ぎ着くと、ライザは脱ぎ捨てておいた衣類にちらりと目をやった。濡《ぬ》れた体を照りつける日ざしには、何か人を妙に奔放な気分にさせるものがある。裸で泳いだのはこれが初めてだったが、ライザにはこのまま文明の中に帰るのが急につまらなく思われた。水滴のついた肌は、何年もの間太陽に飢えていたかのように切実に日ざしのぬくもりを求めている。砂の感触もこころよい。

タオルも持って来ていないことだし、このままちょっと横になって体をかわかしても、そう悪いことではあるまい。ライザはとっさに心を決めて、砂浜に寝ころんだ。もちろん部屋に帰ったら、シャワーを浴びて海水を洗い流さなくてはならないけれど……。

ロビー！　ライザはぱっちりと目をあけた。　ロビーを一人残して来てしまった！　ライザは急に心配になって服に手を伸ばそうとしたその瞬間、こちらに近づいて来るロークの姿に気づいて体を硬くした。ロークはジーンズをはき、薄い綿のシャツの前をはだけさせて、こちらに向かって歩いて来る。その目が自分のあらわな体の曲線にじっと注がれているのを見てとると、ライザは逃げ出したい思いを抑えこみ、顔を真っ赤にしてロークをにらみつけた。裸で泳ごうなどという子供じみた衝動にかられてしまったことが、今、死にたいほどに悔やまれる。

「おやおや、これはどうしたことだい？　君はずいぶん変わったんだな、ライザ」ロークがライザの前で立ち止まり、のんびりとした口調で言った。ライザは彼の顔をひっぱたきたくてうずうずする手をぐっと握りしめ、かろうじて我慢する。「昔の君は水着姿を人前にさらすことさえ恥ずかしがっていたような記憶があるが、今の君は……」

「ここまで下りて来たら急に泳ぎたくなったのよ」ライザは激しい怒りを目にうかべ、服に手を伸ばした。「向こうを向いていて。服が着られないわ！」

「君がいないんで、ケイスが大さわぎしていたよ。君がここをひどく気に入っていたことを思い出したのが僕でよかったな。それとも誰に裸を見られようと、君は構わないのかな？」

「構わないわけがないでしょう！」ライザは震える手で服を拾い上げながら、たたきつけるように言った。どうしてロークはおとなしく立ち去ってくれないのかしら？　これが夢なら、夢の中でも最悪の夢だ。相手はきちんと服を着ているのに、こちらはまったく無防備に裸身をさらしているのだから。

「そもそもここで何をしていたんだい？」ロークは

ライザの気持もお構いなしに、ものうげに尋ねた。

「泳いでいたって言ったでしょう？　潮風にあたりたくてここに来たのよ」

「本当かな？　本当は、僕がこの浜でよく泳いでいたのを思い出したからじゃないのかい？　本当はこういうことを期待して出て来たんじゃないのか？」

　あっという間にライザは抱きすくめられ、裸のままロークの厚い胸に包みこまれていた。ライザの青ざめた顔を見おろすロークの目は、まるで他人を見ているかのようにひややかだった。

　ライザは反射的に両手を突っぱり、ロークを押しのけようとしたが、それは機関車を止めようとするようなもので、なんの役にも立ちはしなかった。ロークの体は熱をもっていて、触れた手がやけどしそうに熱い。

　ロークが目をそらすことなく顔を近づけてくると、ライザの胸は早鐘を打ちだした。ロークの唇は最初軽く、やがて荒々しく、隠し持っていた凶暴さを猛然とライザの唇に向けた。

　ライザは必死に顔をそむけ、ロークの腕から逃れようともがいたが、ロークはますます腕に力をこめてライザの白い喉もとに燃えるようなキスを浴びせる。その感覚によって呼び覚まされた情熱を激しく憎みながら、ライザは怒りにまかせてロークの背に爪を立てた。が、ロークに髪をわしづかみにされ、強く引っぱられてのけぞらされると、初めて恐怖心が頭をもたげた。今、目の前にある顔は、ライザが知っているロークの顔ではない。

「放して、ローク」ライザは怒りも忘れて真剣に懇願した。「私が軽率だったのは認めるわ。あなたを怒らせてしまったのなら謝るから、だから……」

「もう遅いよ、ライザ」ロークが低くつぶやいた。

「五年もたっているのに今さら謝っても遅い。でも心配しなくていい。僕だって、君のほかの恋人たちにそうそうひけはとらないと思うよ」

ライザの頭にかっと火がついた。ロークは私を抱くつもりなのだ！　いや、抱くというよりも――これは彼一流の罰し方なのだ。ああ、そんなことは耐えられない！　ライザはもう一度ロークを押しのけようとしたが、逆に両手首をつかまれ、後ろ手に動きを封じられてしまった。

ロークはあいているほうの手を、ゆっくりとライザの裸身にそわせた。その目にうかんでいる冷笑を見たくなくて、ライザはきつく目をつぶる。ロークのしていることは、かつてライザが彼にこうしてほしいと望んでいたことそのままであったが、それがこのような形で実現するとはいかにも皮肉なめぐり合わせだった。が、屈辱で張りさけそうな胸の内にも、熱くうずき始めるものがある。

「あなたって最低だわ！」ライザはなんとかロークを踏みとどまらせようと、必死に言葉を探していた。「でも、それがあなたの性分なのね。ヘレンはあなたのその下劣な趣味を知っていて？　腕ずくで女を手ごめにしたがるっていう趣味を」

「腕ずくだって？」ロークはあざけるような笑い声をあげた。「どうして男がほしいって正直に言えないんだい？　だって、そうだろ？　この浜には誰が来るかわからないんだ」不意にその声が激しい怒りで荒くなる。「それを承知で君は裸で寝ていた！　たまたま僕が来て、君のさし出すものをいただこうとしただけだ。僕を責めるのは理屈に合わないよ。それに僕は腕力を使うよりも……」

ロークの手がこのうえない優しさでライザの胸を撫でた。ライザは全身に力を入れてあえぎを押し殺したが、すでに体には情熱の火がつけられ、それをロークに隠すすべもなかった。

「ああ、私はどうなってしまったの？　こんなひどい状況にありながら、どうして体はロークを求めてしまうの？　たった一度ロークに抱かれたことがあるからといって、それが初めての経験だったからといって、ロークに触れられるたびにこんなに激しく血がさわぐなんて……ライザは途方にくれていた。

「服を着なさい」唐突にライザを突き放し、ロークがあからさまな侮蔑を見せて言った。「浜辺で男に抱かれるという君の発想は面白いが、僕はそんなとっぴな行動とはとっくにおさらばしている」

「そうでしょうね！」ライザはよろよろと服を着ながら激しい怒りをぶつけた。「ヘレンなら、きっと照明を暗くして、絹のシーツを使うのがお好みなんでしょうよ」

「言葉には気をつけたほうがいい！」ロークが薄笑いをうかべて言った。「やきもちをやいているように聞こえる！」

ライザは返す言葉もなく、怒りと当惑にまだ赤い顔をして、ロークの後ろから石段をのぼり始めた。

一瞬ロークの目に深い絶望の色を見たような気がして、ライザは何か言葉をかけようとしたが……あれはやはり錯覚だったのだろう。今、ロークの目は何も語ってはいなかった。

7

「どうして僕はパーティに出ちゃいけないの？」ロビーが不服そうに口をとがらした。

「大人だけのパーティだからよ」ロビーに寝る支度をさせながら、ライザが言った。本心を言えば、せっかくリーが手はずを整えてくれたささやかな歓迎パーティだが、できるものならロビーにかわりに出てもらって、自分は部屋にいたい気分だった。

　ロークと二人で浜から屋敷に戻って聞かされた話だから急なことでもあるし、気がすすまない。家族だけでなく、ジェイムズ医師と弁護士も招待してあるという。

「ママはパパが好き？」パーティの件はあきらめたロビーが、だしぬけにそう尋ねた。

　こんな質問に、どう答えればいいのだろう？　ロビーの勘の鋭さには時々はっとすることがある。子供は大人が思うよりもずっと多くのことを見ぬいているものだ。ましてロビーはロークを父として慕い、いろいろと父の真似《まね》をし始めている。その点はライザの予想とは違っていた。

「ねえ、好き？　パパのこと好き？」ロビーはしつこくたたみかけてきた。

「ロビー……」

「僕はパパと一緒にいたいよ」母親の否定的な答えを予想したのか、ロビーはあわれっぽい声をあげた。

「僕はパパが大好きなんだよ！」

「ママもパパが大好きよ」言ってしまえば、そのせりふはなんと簡単だったことか。なぜならそれは事実だからだ——私は今でもロークを愛している！　だからこそロークに過去の真実を押しつけて苦しめるようなことはしたくないのだ！

その時、ロークが入って来たのでライザはぎくりとした。今の本音を聞かれてしまったのではないだろうか？　いくらドアが厚いとはいえ、すぐ外にいたら聞こえてしまったかもしれない。ライザはじっとロークの顔を見たが、ロークは無表情だ。

「ローク、なんの用？」自分の声がひどく頼りなく聞こえる。

ロークは氷のような目でライザを見すえ、ひややかに言った。「そろそろディナーパーティが始まる。着がえをしておいたほうがいい」そして平然とシャツのボタンをはずし始めた。ライザはとりあえずロビーをつづき部屋のほうにせきたてた。

「僕、パパにお話を読んでほしい。パパ、お話読んで！」ロビーは声を張りあげながら母親に追いたてられて出て行った。

「ここは私の部屋よ！　私たちが仲直りしたのをみんなに信じさせたいのはわかるけど、この部屋で着がえようなんて絶対やりすぎだわ。まして、今ここには私とロビーしかいないんですからね」

「君一人の部屋じゃない、僕たちの部屋だ。親父《おやじ》が僕たち夫婦のためにわざわざ改装させた部屋だ。それにケイスもこれからの僕たちのためにきれいにしておいてくれたんだ」ロークは落ち着きはらっている。

「そんなこと構うものですか！　私はあなたと同じ部屋を使うつもりはないわ！」

「ママ、どうかしたの？　怒っているんじゃないよね？」ロビーが自分のベッドから声をかける。

「もちろん怒ってるんじゃないさ……ねえ、ママ？」ロークがからかうように言って、ロビーのほうに行った。

ライザはロビーの部屋につづくドアを音高くしめた。ロークが出て来たら、もう一度はっきり言おう

――何がなんでもあなたとこの部屋を共有するのはお断りだと。ライザはふと思いついてたんすの引き出しをあけた。案の定、ロークの衣類がぎっしりつまっている。ライザは無我夢中でそれを次々と引っぱり出し、ベッドの上に積み上げた。ロークはまだロビーの部屋で、本を読んでやっている。その声を聞きながら、ライザは胸に新たな悲しみがあふれるのを感じた。この五年の間、私は何度ロークの声を、ロークの存在を励みにしたいと切実に思ったことだろう。

たとえばロビーが生まれた時――あの時のことをライザは今でもはっきり覚えている。あの時でさえ、ライザは一縷《いちる》の望みを捨てきれずにいた。奇蹟が起こって、目をあけたらそこにロークやリーがいてくれた――そんなふうに夢にまで見たものだ。ところが現実は、玉のような男の子を産んで誇らしく思いながらも、その子の誕生を一緒に喜んでくれる子煩悩な父親はそばにいなかった……。

「まだ着がえてないのかい？」いつの間にかロークが入って来ていた。ライザが黙ってふりかえると、ロークはベッドのほうに目を走らせ、口もとをこわばらせた。

「あなたには別の部屋を使っていただくわ。そのつもりで衣類を出しておいたのよ」ライザは静かな口調で言った。

「なぜだ？　僕と一緒でも、君の身は安全だ」

「そうかしら？　さっきの浜辺でのことは？」

ロークは肩をすくめた。「あの時はつい君の誘惑に負けてしまっただけで、今後はもう大丈夫だ。君の正体を思い出したからね」

「私の正体って何かしら？　あなたの妻であり、あなたの息子の母親だっていう以外に何があるの？」

思わずなじるような口調になってしまった。

「ロビーは僕の子ではない。君はどうしてそんな嘘《うそ》を押し通そうとするんだ？」

「きっと嘘ではないからだわ」言ったとたん、ロークの顔がかげるのを見て後悔する。

「僕にそんなでたらめが通用すると本当に思っているのかい？　僕が君を抱いたことを忘れてしまうような男だと、自分自身で納得できると思うかい？　あのころの僕は、自分の気持を――君を求める気持を君に見せてはいけないと思っていた。まだ若くて無垢《むく》な君を僕の欲望のえじきにしてしまうのは忍びなくて、意識的に君を避けていたんだ」ロークはひとりごとのようにつぶやく。「君は本当に若くて、まだ子供だといってもいいくらいだったのに、僕は君の姿を目にするたびに狂おしい欲望をかきたてられた。何も手につかないほどに君がほしかった……。それをぎりぎりのところで抑えていたんだ。これでもまだ、僕が君を抱いたことを忘れているとくりかえすのかい？」ロークの目が暗い光を帯びた。「僕だって君のおなかにいるのは自分の子供だと信じたかったさ。君を女にして、妊娠までさせたのは自分だと、信じられるものなら信じたかった。だが、それが事実でないのは君も僕も知っている。マイク・ピーターズこそ君の恋人で、やつが島を出たのも、君と別の土地で落ちあうためだったと思う。いまだにわからないのは、君がなぜ僕と結婚したかということだよ。ピーターズとのことが僕にばれるのは時間の問題だとわかっていたはずなのに、僕が親父を悲しませたくないばかりに君との結婚生活に甘んじるとでも思っていたのかい？」

　ライザを見すえるロークのまなざしは容赦がなく冷酷そのものだった。

「君が姿を消し、僕がすぐにセント・ルシア島まで捜しに行って結局一人で帰って来たその次の日に親父は倒れたんだ。僕は、実の娘同様にかわいがってもらいながら親父をそこまで苦しめた君が、どうしても許せなかった……。これだけ言ってもまだ僕が君の体をほしがると思うのか?」ロークは短く声をあげて笑った。「君と同じ部屋を使いたい理由はただ一つだ。そして、その理由とは君と寝ることではない!」

ライザは悲しみに負けてもう一度ロークに信じてくれとすがりつくつもりはなかった。ロークという男は自分の理性の力を何にもまして信じ、こうと思いこんだらほかのものはいっさい認められない強情な男なのだ。

「それでもあなたの衣類はよそに移していただくわ。あなたがやらないのなら、私からケイスに頼むまでのことよ」やっとの思いでそれだけ言うと、イブニングドレスを手に浴室に入り、ドアをロックした。

ロークの前ではかろうじて毅然《きぜん》とした態度を保っていたが、こうして一人になると一気に力がぬけ、ライザはドアにもたれかかって目を閉じた。

今の話でロークの怒りやいらだちの根がよくわかったような気がする。ロークは、私が彼の目をかすめてほかの男に体を与えたということに――それはもちろんロークがそう思いこんでいるだけなのだが――激しい憤りを感じているのだ。やはりロークは私を本当に愛していたわけではなく、ただ私の体がほしかっただけなのだろうか? 私と結婚したのは、ひたすらリーを安心させるためだったのだろうか?

ライザは涙をこぼしながら、機械的にシャワーを浴びた。もうこれ以上つらいことはあるまいと思っていたのに、今は一層心の傷が深まり、どくどくと血を流しているようだった。この五年間、唯一自分を支えてきた最後の支えが、この新しい傷の重みに耐えかねて完全に崩壊してしまった。それに、ロークはあんなことを言っていたが、彼が今でも私の肉体を求めていることは昼間の浜辺での出来事からも明らかだ。本人がどれほど否定しようと、ロークは私をほしがっている。でも、それは憎悪にも似た冷たい欲望なのだ……。私はいつまでこの島にいなければならないのだろう？　ロークの話が本当だとすれば、リーに真実を話すわけにはいかない。こんな話を聞かされたら、リーの病状は悪化してしまうだろう。ライザは体を拭《ふ》きながら、ふと鏡に映った自分の裸身を見て手を止めた。ロークがこの体に触れたのは本当につい数時間前のこと？　熱っぽい目をしてこの体を抱きすくめたのは……。

ライザの胸はきりきりと痛んだ。私はまだロークを愛しているのだ。やはりロークは真実を知らないほうがいい。いや、知ってはいけないのだ……。ライザは鏡の中の青ざめた顔に向かってそうつぶやき、手早くドレスを着始めた。それはライザが持っている唯一のイブニングドレスで、去年の冬に出版社のパーティのために買ったものだ。光沢のない黒の素材でできており、細い肩ひもでつるデザインになっている。黒はただでさえ白いライザの肌をすきとおるほどに美しく見せてくれる。ストッキングも黒のシルクで、これは熱帯のこの島では暑苦しく見えるかもしれないが、ストッキングなしですますのは気が進まなかった。ライザはドレスを着ると、背中のファスナーにとりかかった。

と、その時、ドアがたてつづけにノックされ、ロークの声が響いた。「早くしてくれよ、ライザ。僕もシャワーを浴びたいんだ」

ライザは険しい顔でドアをあけた。「あなたには別の部屋を使っていただくと言ったはずだわ」よそよそしく言いながらベッドにちらりと目をやると、ロークの衣類はまだそこにある。

「ああ、確かにそう言ってたな。だが、今夜の夕食には客をよんであるから、僕もシャワーを使いたい。今はとりあえずここの浴室を使わせてほしい」

ロークはすでに上半身裸だった。筋肉質のたくましい体はブロンズ色に日焼けしている。ライザは口がかわくのを感じて、思わず目をそらした。

「実に粋《いき》な着こなしだな」ロークがライザのドレスを見てからかった。「取りすました女学生用のワンピースから比べると、たいした変わりようだ。そんな格好で階下《した》に下りて行ったら、みんな大さわぎするだろうよ！」

そうだ！　まだファスナーがあいていたのだ！

「しめている途中であなたがドアをたたいたからよ！」

「それじゃ僕がちゃんとしめてあげよう。これも夫の務めだからね」ロークはのんびりした口調で言うと、逃げようとするライザを無理やり後ろ向きにさせてささやいた。「黒は君によく似合うよ」

ライザはうなじにロークの息を感じたとたん、もう抵抗できなくなってしまった。が、ファスナーがロークの手によって上げられるのでなくさげられるのを感じると、不安のあまり体が硬くなる。

「ローク……」

「糸が引っかかっているんだよ」

誰かが寝室のドアをノックした。「ライザ、ローク、入ってもいいかな？」リーの声だ。

ライザは後ろをふり向いて、ベッドの上の衣類を見た。

「余計な口はきくなよ」ロークが耳もとでささやいた。

片方の手はまだライザの裸の背にかけたまま、もう一方の手を素早くドレスの内側にすべりこませ、ほっそりとしたウエストに腕を巻きつけてライザが逃げられないように背後から抱きすくめる。

ライザはかっとなって文句を言おうとしたが、それより先にロークがドアに向かってゆったりと声をかけた。「どうぞ……鍵《かぎ》はあいてますよ」

ドアが開くのと、ロークがライザの肩に顔を埋《うず》めて唇を押しつけたのが同時だった。リーが入って来ると、ロークはドレスの内側に入れていた手を引っこめたが、ゆっくりとした動作だったのでリーに気づかれた気配はない。

ライザの顔は真っ赤にほてっているが、ロークは平気な顔をして言った。「支度をしているつもりだったのに、このドレスを着たライザを見たら、長いこと忘れていたものを思い出してしまって……」

「ライザが困っているじゃないか」リーはにこにこしながらたしなめたが、ベッドの上の衣類の山に気づくとその微笑は消えた。

「ライザも女なんですね。ケイスがせっかくきちんと入れておいてくれたのに、自分の流儀で整理したいらしいんですよ。まあ、妻としてはごく当然の気持なんだろうけど」とロークが説明した。

リーは簡単に納得して、ライザに尋ねた。「ロビーはどうしてる？　もう眠ったかい？」

「よく眠ってますよ」と、またロークが答える。

「本当に君が戻ってくれてよかったよ、ライザ」

「そう言っていただけると私もうれしい……」ライザは声をつまらせた。ロークのせいで、リーと五年も離れていなければならなかったのだ。

「まさか私たちが君が帰って来るのを喜ばないと思っていたわけではあるまい？　それでずっと戻って来られずにいたのかい？」

「私……」

「もう、すんだことですよ」とロークが言葉をはさんだ。「僕もライザなしで過ごさなければならなかった日々のことは、もう思い出したくもない」

その口調にライザはロークがまだ自分の体をほしがっているという確信をまた深め、急いでロークに言った。「私、リーと先に階下に行ってますわ。あなたが心穏やかに着がえをすませられるように」

「なんだ、まだやり残していることがあるんじゃないかい？」

ロークはライザが逃げられないように片腕でしっかり抱きすくめたまま、あいているほうの手でファスナーが開いているのを思い出させるように背すじをそっと撫《な》でおろした。

「どうやら私は邪魔のようだな」リーが笑いながらドアに向かった。「話はあとにしよう、ライザ」

リーが出て行くと、ロークが脅しつけるように言った。「たった一言で親父は僕たちが本当に和解したわけではないことを感じ取ってしまうかもしれないんだ。そうなったら、君は生まれてきたことさえ後悔するはめになる！」

「もう十分後悔させられているわ！」ライザはロークの腕から逃れ、ぴしゃりと言い返した。「それに、私だってリーを苦しめるつもりはないわ。リーは私にとってもとても大切な人ですもの」

「そうだろうな」ロークは皮肉っぽくうなずいた。「ここを出て行く時にも、何も相談しなかったくらいだからな」

「リーにはあとで手紙を書いたわ」だがロークはその言葉を無視して、冷たい目でライザの顔をじっと見つめた。

「確かに罪のない顔をしている。だが、人は見かけによらぬものという言葉もある。一つだけ教えてくれ、ライザ。もし僕が真実を知っても君を責めなかったとしたら、君は僕に抱かれていたかい？」

「当然でしょ？　私たち、結婚していたのですもの」ライザは冷淡に言い放つ。

「それでピーターズは文句を言わなかった？」

「どうして彼が？　マイクは本当のことを知っていたんですもの」

「もしピーターズが本当に君を僕に奪われてもいいと思っていたんだとしたら、やつは君のことをたいして愛していなかったんだ。でも、現実にはやはりピーターズは君を独占するつもりだったんだ。そうだろう？」

「ローク！　あなたという人は自分の尺度でしかものごとを見られないのね！　私の恋人はあなた一人だったのよ！　ロビーはあなたの子よ！」

「君のそのねばり強さには脱帽するよ、ライザ。何度も言いつづけていれば、僕がだんだんそんな気になってくると思っているんだろう？　いくら恋人たちの援助があったとはいえ、女手一つで子供を育てるのは楽ではなかっただろうしね。結婚にも利点があるってことがわかってきたんだろう。あんなふうに僕のもとから逃げるべきではなかったんだ」

「あなたは私に選択の自由もくださらなかったわ。さあ、もういい加減にしていただけないかしら。私、支度をすませてしまいたいの」

「ご勝手に」ロークはライザの全身をものうげに眺めまわした。「そのドレスは実にセクシーだ。君もそれを知ってて着ているんだろうが、その魅惑的な外見に隠された君の本性を思い出せば、僕の気持もそがれるよ」

ロークが口笛を吹きながら、シャワーの栓をひねるのが聞こえる。ライザは怒りと悲しみに震える手でファスナーを上げ、化粧をした。

階下に行くと、客間にリーがいた。リー一人だ。

「ああ、ライザか。そのドレス、よく似合うよ」と頬にキスをする。「ロークは？」

「まだ支度していますわ」

「支度が終わるまで待っていたら、逆にますます遅らせることになるのがわかっていて、君一人で下りて来たんだね」リーはからかうように言ってから、不意に真面目《まじめ》な顔になった。「ああライザ、君がロークと仲直りしてくれて、どんなにうれしいか！　それにロビーまで連れて来てくれて……。もう私は孫には縁がないものとあきらめていたんだよ。ライザ、なぜせめて無事だと連絡してくれなかったのかね？　ロークも半狂乱だったんだよ。セント・ルシア島を隅から隅まで捜しまわったらしいが、君はすでにイギリスにとんだあとだった。君の学生時代にこちらから仕送りしていた先の銀行に生活費を送りつづけたが、君はそれにも手をつけなかった。ロビーのことすら知らせてくれなかった」

「私、手紙は書いたんです。でも、その手紙はきっと途中でなくなってしまったんですわ。私がここを出た事情を知ってほしかったのに……」ライザの声が涙でとぎれた。泣いてはいけないと思いながらあふれる涙を止めることができない。リーは慰めるようにライザをそっと抱き、ライザはリーがひどくやせてしまったのを実感して、その責任は自分にもあるのだと悲しみを新たにした。

「君の手紙は届かなかったよ。私は君のことが心配だった。自責の念でいっぱいだった。ロークが君を強く求め、その気持と必死に闘っているのは最初からわかっていたんだ。ロークは君と二人きりにならないようにしていたが、私は君とロークを一緒にさせたかった。子供ではあっても、君もロークに好意を抱いているのはわかっていたからね」リーはため息をついた。「ロークにも言われたことだが、私のしたことは間違っていたようだ。君は子供だったし、ロークは完全な大人だった。あいつは結婚まで自分を抑えに抑えていたが……」

「確かにロークは私を求めていたのかもしれませんけれど……それはただ……」

「求めているなんていう生やさしいものじゃなかったんだよ」とリーが悲しげにさえぎった。「それほど激しい思いをずっと抑えつづけていたからこそ、いざという時に君を怖がらせてしまい、君は恐れをなして家をとび出した」

　ライザはびっくりした。「ロークがそう言ったんですか？」

「はっきりと明言したわけではないが、だいたいのことは私にもわかったよ。ロークが君を見つけられずに一人で帰って来た時、私がそう言ってなじってもあいつは否定しなかった。それにしても、子供がおなかにいるとわかった時にはさぞショックを受けたろう？　それでも帰って来る気にはなれなかったのかい？」

「何度も帰りたいと思いましたわ」ライザは正直に言った。「でも、どうしても帰れなかった」

「ふむ、君は昔から誇り高い娘だったからな。でもやっとこうして帰って来てくれたんだ。これで私も安心だよ」

「安心したところで、手術を受けてくれませんか？」戸口のほうからロークが静かな声で言った。リーもライザもいたずらの現場をとらえられた子供のように、ぎくりとしてふりかえった。

「私はもう年だよ、ローク。あと数年生きながらえたとしたって、どれだけの違いがあるだろう」

「大違いですよ。五年後にはロビーは十歳に成長します。十年後には十五歳だ。それに、ほかにも子供が生まれるかもしれない」

ロークはライザのそばに来て、その細い体を軽く抱きしめた。

「知らないうちにこんなに簡単に父親になってしまったくらいだから、その気になったら何人子供を作れるだろう？　うちの家系に双子はいないんですか？」ライザはロークの腕の中でぼうっとしていた。からかうようなロークの目の輝きを見ていると足の力がぬけてゆく。ロークはタキシードに身を包んでいるが、きちんと櫛《くし》の目の通ったその髪に指をさし入れ、くしゃくしゃにしたいという思いがライザの胸を駆けぬけた。

「さあ、どうだったか？」

リーはそう言っているが、ロークはその返事だけで満足したらしく、さりげなく言った。「とにかく、手術のことをもう一度ジェイムズ先生に相談してみようじゃありませんか」

パーティの席には素晴らしい料理が並べられてあった。弁護士のデイビッド・ニールはライザとも旧知の仲で、ヘレンの伯父であるにもかかわらずライザは昔から好感を抱いていた。この日も過去のことには少しも触れてくる様子がなく、ライザは自然にふるまうことができた。

ジェイムズ医師とは当然ながら初対面だったが、やはり気持のいい人で、患者のことにも親身になってくれているのがよくわかった。

「ロークにまたもや手術を受けろと言われたんだがね」食事の最中にリーがだしぬけに言いだした。ライザはじっと医師の反応を見守る。

「私の考えは変わりませんよ。手術を受ければ五分五分の可能性で——いや、最近の経過を見ていると、それ以上の確率で成功すると思われます。あなたのおかげでしょうな」と、ジェイムズ医師はライザの顔を見た。「あなたがそばにいてくれることがなによりの薬なんですよ」

「うむ、ライザ、君はどう思うかね?」リーが尋ねた。

「こんなことを言うのは私のわがままかもしれませんが、何がなんでも長生きしていただきたいと思ってますわ」

「なんだか多数派に押しきられてしまいそうだな」リーは顔をしかめて言ったが、まんざらでもなさそうだった。もしかしたら最初から手術を受ける気でいたのかもしれない、とライザはふと思った。ライザを呼び戻すために、ジェイムズ医師に頼んでロークには自分の病状を実際以上に悪く話してもらったのではないだろうか? リーは結婚というものをきわめて神聖なものと考えている。ロビーのことも自分の孫として自然に受け入れている。リーが手術を受けて健康を回復すれば……ロークとライザはこのまま仲の良い夫婦を演じていかなくてはならないのだ。だが、ロークはいつまでも自分の好まない状況に甘んじているような男ではない。きっと今のうちからちゃんと逃げ道は考えてあるのだろう。

召し使いがデザートを運んで来ると、リーが彼の耳もとで何事か小声でささやいた。男はにっこり笑って、いそいそとドアをあけた。ドアの向こうではケイスをはじめとして、屋敷の使用人たちがずらりと並んでいる。

リーはワゴンの上のシャンペンを指さした。「これはロークが生まれた年に買ったシャンペンのうちの一本だ。ロークのあと継ぎが生まれたらあけようと思って取っておいたものだ。残念ながら、その機会は逃してしまったが」とリーは吐息をつく。

ライザは自分が罪悪感を感じることはないと思いながらも、気がとがめて顔を赤らめた。

「今、ここでみんなと乾杯したいと思う――孫のロビーのためばかりでなく、ライザとロークのために。二人が末長く幸せでいられるように、乾杯！」

誰もが笑顔でグラスを上げたが、ライザはうれしそうな顔をしてみせるのに苦労していた。

「もう一つあるんだ」

リーの青白い顔に赤みがさしているのを見て、ライザはロークの顔をうかがった。ロークも同じ心配をしているらしい。あまり興奮しすぎては体に毒だと言っていたからだ。

「みんなも知ってのとおり、今まではローク一人が私の相続人だった。だが最近になって私は人間の命のはかなさをつくづく感じてね。今夜こうして集まってもらったのは、私が遺言を書きかえたのを承知してほしいと思ったからなんだよ。ホテルの経営はこれまでどおりロークにやってもらうが、その所有権はロークとロークの息子とで二分してもらう。ロビーはまだ小さすぎるから、ある年になるまではその母親が代理だ」

周囲ではみんなが興奮して口々におしゃべりを始めたが、ライザはそれも耳に入らなかった。リーはいったいどういうつもりなのだろう？　私やロビーを永久にこの島に引き止めておくための手段なのだろうか？　それともロークが完全にはロビーを受け入れていないのを感じ取って、ただロビーのためになることをしてやりたいというだけなのだろうか？

ロークに目をやると、彼も顔をこわばらせており、遺言の書きかえを今の今まで知らされていなかったことがわかる。ライザを見るロークの目つきは鋭く、ライザは心臓が激しく動悸《どうき》を打つのを感じた。あれは私を責めている目なのだろうか？　ロークは私がリーをそそのかしたと思っているのだろうか？

「ローク、こういうことはいけないわ、私……」ライザは声をひそめて言った。

「何も言うな。君を喜ばせたいという親父の気持を無にしないでくれ。見ろよ、あの顔を。親父は必死なんだ。体が弱っているのに、君がまた逃げやしないかと心配して、遺産で君をつなぎとめる気でいるんだ。君だって、あの子のことを考えればこの申し出を断るわけにもいかないはずだ」厳しい口調だった。

「あなたは構わないの？」

ロークは肩をすくめた。「どうして僕が構うことがある？　第一、財産はうなるほどあるんだ」

三十分後、ジェイムズ医師がライザを隅に呼び、そろそろお開きにしたほうがいいのではないかと耳うちした。「今夜のお父上はいつになくお元気だが、油断してはいけませんぞ。あなたやお孫さんがいてくれれば確かに寿命も延びるでしょうがね。ところで、近いうちに坊やを病院に連れて来ませんか？ 予防接種はすべてすませて来ましたか？」

「だいたいはすませてありますけど、全部は……」

「それじゃ、やっぱり連れていらっしゃい」ジェイムズ医師はそう念を押して、リーに別れの挨拶《あいさつ》をしに行った。

ロビーの二度目の予防接種については、イギリスを発《た》つ時の慌ただしさにまぎれてすっかり忘れていた。ありがたいことにセント・マーティン島には熱帯地方特有の伝染病はないが、それでも用心するにこしたことはないだろう。自分はともかく、ロビーはまだ小さいのだから……。

「何やら考えごとに熱中しているようだな。ロビーが継ぐ遺産をどうやって管理しようか、気にかかっているのかい？」

いつの間にかロークがそばに来て、二人の親密さを周囲に誇示するかのようにウエストに手をまわしてきた。ライザはロークをにらみつけ、低く答えた。

「違うわ。ロビーの予防接種のことを考えていたのよ。ジェイムズ先生に言われて思い出したの」

「君らしくもなく、うっかりしていたんだな。君は子供をとてもかわいがっているのに」

「私には子供しかいないからだわ」ライザは怒りを押し殺して言った。

「悪いのは誰かな？ 子供に対する責任を放棄した父親というわけかい？ ピーターズなら喜んでロビーを認知すると思っていたがね。ロビーはいい子だから」ロークの声がわずかに優しくなったと思ったのはライザの気のせいだろうか？ いずれにしても、ロビーはあなたの子だとまた同じせりふをくりかえす気力は、もう残っていなかった。黙ってロークの腕から逃れ、リーのそばに行く。

「やあライザ、私はもう失礼するよ」リーと話をしていたデイビッド・ニールが微笑をうかべた。「本当に君が帰って来てよかった。ロークとうまくいっているようで、私もうれしいよ」

　彼はそうでも、彼の姪《めい》は喜んではいないだろう。でも、ヘレンは事情を知っているのだから、私がロークのそばにいても少しも心配していないに違いない。

「ぜひロビーの顔を見て行ってくれと言っていたんだよ」リーが言った。「ロビーはあの年ごろのロークに生きうつしだ。だが、ロークと違うのは、ロビーには愛情豊かな母親がいるってことだ。エリーズは自分の子供にも冷たかった。ロークのほうも、ころぼうが怪我《けが》をしようが母親の前では絶対泣かなかったし、甘えに行くことさえなかったよ。今ではずいぶん昔のことになってしまったが、私とエリーズは結婚すべきではなかったんだろう。君とロークは違う。君たちはお互いのために生まれてきたようなものだよ、ライザ。ただ、今の私の願いといえば……」

「なんですか？」ロークが三人の会話に割って入った。

「父親によく似たロビーの次は、母親によく似た孫娘がほしいと思ってね」

　ライザはみんなの笑いに無理に声を合わせ、ロークとともに客人を玄関まで送って行った。

　客が帰ってドアをしめると、ロークはいち早く姿を消していた。きっと衣類を別の部屋に移す仕事を誰かに頼みに行ったのだろう。使用人たちがどう思おうと、ライザの知ったことではない。ロークが自分で言い訳を考えればいいのだ！

「少し話をしようじゃないか」階段に向かおうとするライザをリーが引き止めた。「君とはろくに話らしい話をしていないからね」

「あまり疲れてはお体にさわると思って」ライザはさりげなく答えた。

「君は喜んで帰って来てくれたんだろう？　時々ひどく悲しそうな顔をしているが」

「改めて長い年月を無駄にしてしまったと思うからですわ」なんとなめらかに嘘が出てくることか！

「まったくかわいそうなことをしたね。私たちはロビーのことは知らなかったんだ。なぜ知らせてくれなかったのかね？」

　ロークは知っていたんです、知っていて、はねつけたんです――ライザはそう言いたかった。が、口からは別のせりふが出た。「手紙には書きました。でも、返事が来なかったものですから……だから、私……」

「私たちに見捨てられたと思ってしまったんだね？　ああライザ、どうしてそんなことができるだろう？　ロークは確かに君にプライドを傷つけられたが、君が戻って来るのを大喜びで迎えないはずはないじゃないか、まして……」

「まして子供が生まれるとなれば？」ロークはそれを知っていて、むしろそれがもとで私を子供もろとも捨てたのだとは、どうあっても言えるわけがない！

　ライザは疲れた足取りでリーを部屋まで送った。いろいろな意味で疲れる一夜だった。遺言に関するリーの爆弾宣言については明日ゆっくり考えよう。

　リーがロークと自分を離れさせまいとしている気持はよくわかる。結局はライザ自身もそれを望んでいるのではなかったか？　ロークの妻として、ロークの子の母として、愛され、いつくしまれたいのではなかったか？　だが、それはしょせんかなわぬ願いなのだ。ロークは私をさげすんでいるではないか。

　ライザは寝室のドアをあけ、その場に立ちすくんだ。長身のがっしりした男が、手もちぶさたに壁にもたれかかっていたからだ。

8

「ローク！ あなたには別の部屋を使っていただくと言ったでしょ！」

「確かに」ロークはうなずきながらポケットから鍵《かぎ》を取り出し、ライザの背後にまわってドアに鍵をかけると、その鍵をまたポケットにしまった。「そして僕は、これ以上君に親父《おやじ》を心配させるような真似《まね》はさせないと言ったはずだ。僕たちは和解したんだよ、忘れたかい？ 親父はかつて僕がどれほど君を求めていたかを知っている。それなのに僕が君と別々に寝たりしたら、怪しまれるに決まってるじゃないか」

「私はあなたと同じ部屋で眠るつもりはないわ！」

激しく言いつのりながらベッドの上に目をやると、ロークの衣類は片づけられていた。また、たんすの中に戻したのだろうか？「第一、こんなことは約束のうちには入ってなかったはずだわ」

「よく考えてみろよ、ライザ。親父に僕たち二人が幸せにやっていると信じさせるだけで、君たち親子の生活は保証されるんだ。あの子の父親には期待もできないほどの豊かな生活がね！」

ライザの平手がロークの頬で炸裂《さくれつ》した。ひっぱたくつもりなどなかったのに、あおりたてられた怒りのはけ口がほかに見つからなかった。

「あばずれめ！」ロークが赤く手形のついた頬に手をやって低くつぶやいた。「ピーターズのことを思い出させられるのがそんなにいやか？ ロビーと一緒にいればいやでも思い出させられていると思っていたが」

「ロビーはあなたの子よ！ あなたには目がついて

いないの？　あの子が自分に似ているのがわからないの？　あなた以外の人はみんなあなたに似ていると思っているわ！」

「僕以外の人間は自分の見たいようにしか見ていないんだ。だが、僕は真相を知っている。僕がレディ号の中で君を抱いたなどという作り話はもうたくさんだ！」

「作り話じゃないわ、本当のことなのよ……」怒りが先に立って、もうロークの気持を思いやる余裕はなくなっていた。

「あり得ないね。僕は結婚まで君に指一本触れまいと自分に誓ったんだ、だから……」

「あの時のあなたは脳震盪《のうしんとう》を起こしていたのよ。私は気づいていなかったけど、あなたはそういう状態で私を抱いたのよ、ローク」

「嘘《うそ》だ！」ロークが思い乱れた目をして荒く息をついた。

結婚前のロークは自分の欲望に本当に苦しんでいたのだ。当時のライザにはわからなかったが、今ではそれがよくわかる。自分の欲望を必死で抑え、レディ号でも船室を別にしていた。それなのにあの事故のせいで、自分を縛っていた縄がほどけ、ロークは感情のおもむくままに荒々しく私を抱いた——あの時のロークの情熱の深さは、少し怖いくらいでもあった。ロークがあの時のことを思い出せないのは、自分が欲望に押し流され、禁を破ってしまったことを心が認めようとしないからなのだろうか？　ライザはため息をつく。

「正直に言ったらどうだ」ロークがかすれた声で言った。「あの晩、僕は君に触れもしなかった、そう言ってくれよ」

「なぜ私がそんなことを言わなくてはいけないの？」ライザはきっぱりと言った。

「君が例の作り話を始めるたびに、僕は地獄の苦しみを味わっているんだ。僕が君を抱きながら、それを思い出せないなんて、どうしても信じられないんだよ……どうしても……」

「それはあなたの問題であって、私の問題ではないわ」ロークが心の葛藤《かっとう》に苦しんでいるさまはライザにある種の喜びを感じさせた。ロークは本心では自分の思いこみに疑問を抱き始めているのではないだろうか？　そうだとしたら、いい気味だ。私が苦しんだように、ロークも苦しむがいい！「それに、もしあなたが本当に私を抱いてないと思っているのなら、どうしてリーにロビーを孫と思わせておくの？」

「何が言いたいんだい？」ロークの手がライザの両肩をつかんだ。「ロビーは僕の子じゃない。だが、こんな茶番劇でも楽しめるところは楽しまなかったら馬鹿馬鹿しい……」

「やめて！」ライザはロークの手をふりほどこうとしたが、ロークの指は容赦なく柔らかな肌に食いこんでくる。「やめてよ、ローク。私にはもう触れたくもないって言ってたじゃないの……」

「だが君は触れてほしがっている」

その口調がいかにも耳にこころよく響いたのでライザは聞き違いかと思ったが、ロークの指はすでにドレスの肩ひもをそっとはずしていた。淡いランプの光を受けてあらわになったライザの肩に、ロークがゆっくりと顔を埋《うず》めた。

ライザは胸を激しく高鳴らせながらも、息をつめて身動きしなかった。ロークに動揺を悟られてはならない。ロークの手が背中にまわり、ファスナーをおろした時にも、ライザはじっとしたまま黙っていた。やめて、とロークに懇願するつもりはない。それこそロークの思うつぼだ。ロークは私が泣いてすがるのを待っているのだ。そんな手には乗らない。ライザは体を硬くして、胸の奥に広がるうずきをぐっと抑えこむ。背すじをなぞるロークの指の動きにつれてドレスは少しずつずり落ちていく。

「君はまったく男心をそそるよ」ロークがライザの喉もとに唇をつけたまま、くぐもった声で言った。

「五年前もそうだったが、今はまた格別だ。すでに一児の母で、男の心をとろけさせるような魅力を持ちながら、それでいて処女のような超然としたところがある。男たちは君のそういうところに欲望をかきたてられ、君の体に火をつけたくなるんだろう」

ロークの言葉にライザはめまいを覚える。体の芯《しん》が熱くなり、頭がくらくらしてくる。

「どうして僕に抱きつかない？　抱きつきたくてうずうずしているくせに」ロークがライザの肌に唇を這《は》わせながら、また言った。

「そんなことはないわ」ライザは精いっぱいひややかに答えたつもりだったが、体が心を裏切って細かく震えだしていた。

「嘘つき」ロークはライザをじっと見おろし、せせら笑うように言った。「君のおかした罪に対する最も効果的な罰とは、昔の君が僕の胸にかきたてた欲望を今度は僕のほうが君の胸にかきたてて、一瞬たりとも平和な気持ではいられないほどに苦しませることだろう。今まで特定の相手をほしいと思ったことがあるかい？」

ライザは返事をしなかった。今までローク以外の男性をほしいと思ったことはないし、そのロークへの思いも若い日の熱病にすぎなかったのだ。ロークと別れてからはロビーがすべてだった。ライザはロークにもう放してくれと言いたかった。こんな屈辱には耐えられない。だが心の奥底には、今ロークが言ったような形で罰を受けてもいいという気持が確かにあった。きっとロークは、自分がそれほどまでに私を求めていたという事実を、自分のプライドに永遠に残る傷としてずっと悔やみつづけてきたのだろう。

ロークはライザのドレスをすっかり床に落とし、黒の下着と黒のストッキングだけの姿になったライザを観賞するような目で見た。

「君は変わったね、ライザ。あのころの君はこんな下着を持ってはいなかっただろう？　かつて僕は、僕が自分で君に喜びというものを教えこんでやりたいと思っていたが、そうしなくてよかったよ。ここまで君を育ててくれた男に、今は感謝している」感謝していると言いながら、ロークは怒りに顔をゆがめていた。

ライザもまた怒っていた。意識して挑発的な格好をしているのだろうと言わんばかりのロークの口調は、侮辱以外の何ものでもない。黒の下着は黒のドレスを着る時にいつも合わせて使っていたものだし、黒のストッキングはイギリスにいる時だったらタイツをはいていたのを、この島では暑すぎると思って薄いストッキングにしたまでのことだ。だがそれを説明しても、どうせロークは信じてはくれないだろう。

ロークの手が腰にかかり、器用にストッキングを脱がせていくのをライザは抵抗も協力もせず、ただ顔をこわばらせてじっとしていた。ロークはロビーを抱くように軽々とライザを抱き上げ、ベッドへと運んだ。ベッドカバーの上に寝かされ、ロークがおおいかぶさるようにしてゆっくりと唇を近づけてきた時、ライザは顔をそむけてくちづけを避けようとした。だがロークは五年前のライザにしてくれた手加減を、今度はしなかった。ロークの唇は荒々しくライザの唇をとらえ、強引にむさぼった。ライザの意識が宙にさまよいだし、いつしか両腕がそっとロークの肩にまわされていた。やがてライザの指はロークのシャツのボタンをはずし、熱い素肌を狂おしく撫《な》でていた。

ロークは少しずつ体を引き、唇を離すと優しい手つきでライザの下着を脱がせた。ライザは最後の一枚がはぎ取られていく間、どうすることもできずにロークを見つめていたが、ついにロークの手が体の上を動き始めると、頭のてっぺんから爪先にまで強い電気が流れたかのような衝撃を感じた。全身に力が入ってしまい、呼吸がせわしなくなる。こんな感覚をかつて経験したことがあったろうか？　ロークが自分に触れているように、自分もロークに触れたいという、こんな恥ずかしい思いが胸につきあげてきたのは初めてだった。これがロークの目的だったのだ。ロークは私をこういう激しい情熱に溺《おぼ》れさせたかったのだ。そう思ったのもつかの間、ライザはじらすようなロークの愛撫《あいぶ》に甘いうめき声をもらし、われを忘れて彼の焼けた肌にむしゃぶりついていた。もうロークにどう思われても構わない。ぴんと張りつめていた一本の糸が切れ、ライザはひたすら甘美な喜びにのめりこんでいった。

ロークの胸も早鐘を打っていた。ライザは無我夢中でロークの愛撫にこたえ、自分もロークに熱っぽいくちづけを浴びせながら、今や熱情の炎に包まれているのが自分だけではないことを感じ取っていた。ロークも私を求めている。仮にローク自身がどれほど否定しようとも、私が彼を求めているのと同じ切実さ、同じ激しさで、ロークは私を求めている……。ライザはめくるめく喜びにかすかな声をもらした。

「ずっとこういうふうにしたいと思いつづけてきたんだ。胸がかきむしられるほどに、君を求めつづけてきた」ロークがライザの体の曲線をなぞりながら、かすれ声でつぶやいた。

ライザ自身、もうぎりぎりのところまで来ていた。が、ロークはゆっくりと体を離し、ベッドから下りた。

「つらいだろう？」驚きと切なさを隠しきれないラ

イザの目を見て、ロークがあざけるように言った。

ライザは思わず目を伏せたが、ロークはベッドに腰をおろし、ライザのあごをとらえて無理やり自分のほうを向かせた。「そう、つらいはずだ。顔に書いてあるよ。君は僕がほしいんだ」そう言って、またじらすようにライザの体を撫でおろす。

ライザははた目にもわかるほどの身震いをした。

「でも、僕は君が僕を苦しめたほどには君を苦しめない。君はただ、口に出して僕に頼めばいいんだ。それだけだよ」

ロークは残酷な目でライザを見守っている。ライザは自分の中の意志力を総動員して、ロークに抵抗しなくてはならない。屈服するのはいやだ。あなたのエゴにとりいるつもりはない、そう言ってやろうと思った。

「ローク」どうしてこんなに声が震えてしまうのだろう。こんな弱々しい言い方をするつもりはなかったのに。

「ライザ」ロークはうながすように、からかうように、やんわりと応じた。

「ローク……」彼の顔を見つめているうちに、突然ライザは激情の嵐《あらし》にのみこまれてしまった。「ローク、あなたがほしい、あなたがほしいの！」子供のように苦痛をあらわにした自分の叫び声に気持はますます高ぶって、目から大粒の涙がこぼれ落ちる。

ライザはロークの冷笑を見まいとして、涙に濡《ぬ》れた顔をそむけた。自分の弱さがひどく恨めしい。なぜ、あんなに簡単に自分をあけわたしてしまったのか？その答えはわかっている。私はロークを愛しているから、そして今、互いが互いを求め合い、遠くに置き忘れてきた情熱が再燃したから……。でも、ロークのほうは私に屈辱を与えることだけで満足してしまったのだ。もうロークは私がほしくないのだ。私の屈服は結局なんにもなりはしなかった……。と、ロークの唇を頬に感じ、ライザは息をつめた。また涙がわいてきて音もなく頬をすべり落ちたが、ロークの唇がまぶたにかぶさってその涙を受けとめた。

「泣かないで、ライザ」ロークがささやくように言った。「大丈夫、もう泣かなくていい」

ロークの手が優しくライザの肌の上に置かれ、ゆったりと動き始めた。〝あなたがほしい〟とライザが告白したことでロークの中の冷酷な悪魔は満足し、今度こそ惜しみなくライザに喜びを与える気になったのだろうか？

「君の体は僕が想像していた以上に美しい」ロークはライザにくちづけしながらつぶやいた。「僕には考えもつかなかったほど、完璧《かんぺき》な女らしさを備えている」

ロークは月の光を浴びながら裸になった。その彫像のようなたくましさはライザの記憶にあるとおりだった。ロークの愛撫は先ほどにもまして熱がこもっており、やがてライザは耐えられなくなって息を切らしながらロークに懇願していた。だが、ロークはそれを無視した。喜びの極限――苦痛と紙一重の歓喜の極限にまでライザを追いつめるつもりなのだろう……。肌の上をすべってゆく熱い唇の感触にこらえきれなくなったライザが苦しげなうめき声をあげると、ようやくロークは体を重ねてきた。

「ライザ……ライザ……」さし迫った声で呪文《じゆもん》のようにライザの名を呼んではくちづけをくりかえす。そのくちづけがぴたりと止まった時、官能の波は頂点に達した。

初めての時とはまったく違っていた。ライザは何もかも忘れ、無意識にロークの名を叫びながら恍惚《こうこつ》の世界に誘いこまれて行った。疲れ果て、睡魔にまとわりつかれてもうろうとしているところにロークが名前をささやいてくれたような気がして、ライザは必死に答えようとした――今ならきっと信じてくれる、私はあなたのもの、あなた一人のものだと言おうとした。が、声にならなかった。

あの音はいったい何？　誰かがドアをたたいている。ライザは目をあけて意識の焦点を定めようとした。ロビー――ロビーの身に何かあったのだ！　いや違う、ロビーは目を丸くしてすぐ横に立っている。「ママったら何も着ていないんだね」ロビーが言っている。「それにパパも」

パパですって？　ライザはぎょっとした。ロークがこのベッドに――私と一緒に寝ているの？　昨夜の記憶が不意に心に押し寄せてきて、ライザは自分の隣に横たわっている男の顔を見ることができない。ロークは私をどう思っているのかしら？　それとも優越感に酔いしれるあまり、私のことなどまったく考えてはいないのかしら？

「ドアをあけたほうがよさそうだな」ベッドのクッションの動きでロークが起き上がるのがわかった。ロークは椅子の上にかけてあったパイル地のガウンをはおり、「わかった、わかった」と言いながら鍵をあけに立つ。「いったいなんのさわぎだい」

「せっかくのコーヒーがさめてしまいますので」ケイスが朝食の盆を持って入って来たが、あたりに散らかっている服やライザの紅潮した顔を見ると、その顔は大きく笑みくずれた。「赤くなることはないですよ。お二人はご夫婦なんですから、ごく当然のことですよ」

「パパ、ベッドでママと何をしていたの？」ロビーが非難するような口調でロークに尋ねる。

「パパとママはみんな一緒のベッドで寝るものなんですよ、坊ちゃま」ケイスは笑いながらロビーをたしなめ、ロークに向き直った。「早く坊ちゃまにも独立した部屋をあげないといけませんですねえ」

「あら、そんな」ライザはとっさに反論する。「ロビーは今までずっと私と同じ部屋で……」

「だったら早く一人で寝ることに慣れさせなきゃいけません」ケイスも負けてはいない。「まして、もう一人ご家族をふやしたいんでしたらね」

　そうだった、この島に住む人たちはとてもあけっぴろげなところがあったんだわ……。ロビーはぶつぶつ不平を言いながらベッドによじのぼり、ライザにすり寄ってきた。ライザは今までロビーの前で特に自分の裸を隠したり、逆に意識的に見せつけたりしたことはない。男と女の体の違いについては、自然に少しずつ受けとめてくれればいいと思っていた。すでにロビーはライザの前でも裸になるのを恥ずかしがることがあり、ライザはそれを成長の一過程として尊重していた。それでもロビーが毛布の中にまでもぐりこみ、甘えて寄りそって来るのを止めはしなかった。週末にはこうしてベッドにもぐりこんで来るのを特別に認めて心ゆくまで甘えさせてやっていたし、その場合でもいつもネグリジェは着ていたにしても、今はただ裸だからという理由でロビーを拒絶したら、ロビーはわけがわからなくて困惑するだろう。なんといってもまだ幼い子供のことだ。

　だが、そんな母と子を見つめていたロークが、だしぬけにひややかな声で言った。「ロビー、ベッドから下りなさい」

　ライザはびっくりしてロークの顔を見た。ロークがロビーに対してそんな厳しい口をきくのは初めてだった。もっと驚いたことにはロビーはその言葉に素直に従い、ベッドを下りてケイスに走り寄って行った。

「ローク様は、そのベッドに男が入る余地は一人分しかないとお考えですよ。その一人とはご自分のことです」ケイスが笑いながらライザに言った。

「そのとおり」ロークが平然としてうなずいた。

　それからライザのそばに来て、その唇に軽くキスをした。

「ロビーを階下《した》に連れて行って、朝食を食べさせてやってくれ」ライザのぼんやりとした顔から目を離すことなく、ケイスに低い声で言う。「あと一時間はこの部屋に来させないように頼む」

ケイスがロビーを連れて出て行ってからも、ライザの顔のほてりはおさまらなかった。

「よくもあんなことが言えたわね！　ケイスがどう思うか！」

「僕が君を、たっぷり時間をかけて抱きたがっているんだと思うだろうさ」ロークは落ち着きはらって答えた。「結構じゃないか。きっと親父に、僕たちが二人きりになりたくてロビーを追い出したと報告してくれるよ。それを聞いて親父は安心し、孫娘の誕生を楽しみに待つようになるだろうし、ひいては手術を受ける気にもなるだろう」

「もし孫娘が生まれなかったらどうするの？」ライザはぴしりと言った。頭に血がのぼって、自分の言葉にロークをつけいらせるすきがあることには気づかない。「もし……」

「早く抱いてくれという意味なら、そんな遠まわしな言い方をしないで、はっきりそう言ったらいい」ロークはライザの口もとをじっと見つめ、柔らかな口調でささやいた。「君は男をその気にさせるすべを、どこで、どうやって身につけたんだろう？　君のそんな誘惑的なところが、僕には憎らしくもあるんだ。それでも僕が君をほしいということは否定のしようもない。僕の前にどれほど多くの男が君を求め……君を抱いたかわかっていてもだ」

「もうたくさん！」ライザは吐き捨てるように言った。「そういうせりふを聞かされれば私がぞくぞくしてくると思っているんでしょうけど、おあいにく様！　私はちっともうれしくないわ。リーの孫娘についても……」

「協力する気はない？　構わないよ」ロークは声をたてて笑った。「君に協力する気があろうとなかろうと、現実には関係ないんじゃないかな？　ゆうべの君は、僕におとらずわれを忘れて熱中していた。違うかい、ライザ？」

　そう言われてみれば、確かに体は心と無関係に、まだロークを強く求めているのだった。現に今も体は熱くほてりだしている。

「あなたは恋人として最高に素敵だったわ。だからつい……」

「その気になってしまった？　そう言おうとしたのかい？」ロークはあざわらうように口もとをゆがめた。「だがそれは、喉のかわいた人間にとってはただの水も神の美酒となるってことだろう？　ましてロビーの目を気にしてたまにしか抱き合えないとなったら、君にはこたえるはずだ」

「あなたなんか地獄に堕《お》ちればいいわ！」

　ロークがそれを聞きとがめ、ライザにかがみこんで唇を重ね合わせながらゆっくりささやいた。「僕が地獄に堕ちるとしたら、その時は絶対に君を道連れにする。どういう方法で道連れにするか、君にもわかるだろう？　いや、違うんだ、ライザ」ライザがたじろいで体を引くと、ロークは物柔らかな口調で言った。「もうゲームはおしまいだよ。ゆうべで一応の目的はかなえられたんだし、もう同じことをくりかえすつもりはない。少なくとも、僕のほうからしかけることはないね」

　ロークは体を起こすとゆっくり浴室に向かい、ドアを開く前にふとふりかえった。

「ところでこの部屋のことだが――ここは僕たち二人の部屋だ。わかったね、ライザ？」

　ライザはロークが部屋から出て行くのを待って一人になると、わっと泣きくずれた。昨夜こぼした涙はロークのキスが洗い流してくれたが、今はその記憶がかえって涙を誘う。でもゆうべのことは忘れなくては——でないと、傷ついた心は狂気に走ってしまいそうだった。

9

ロークは朝食をすませるとすぐに出かけて行った。セント・ルシア島に行くが昼すぎには戻って来る、とライザに言って出た。

ライザはジェイムズ医師との約束どおり、ロビーを連れて病院を訪れた。島の小さな病院はライザにマイク・ピーターズを、そしてロークを思い出させた。ロビーは少しも注射を怖がらず、ライザが励ますようにさし伸べてやった手も無視した。こんなところも父親にそっくりだ、とライザは改めて思う。

「さあ、今度はちょっとだけ血を採ろうね」ジェイムズ医師が、少し青ざめてはいるが決然とした表情のロビーに優しく言った。「調べるだけだからね」

次にライザに向き直った。

「坊やの血液型はご存じですか？」これはライザに向けられた質問だ。「坊やのお父さんの血液型はきわめてまれなんですよ」

「ロビーも同じ血液型ですわ」ロビーの血液型は生まれてすぐ調べてもらったが、ライザが内心案じていたとおり、やはりロークのめずらしい血液型を受け継いでいた。この現実を突きつけてやったらロークはなんと言うかしら？　いや、ロークにはこのことは知らせまい。もうロークと議論することには疲れてしまった。真実に目をつぶりつづけることがロークの男としてのプライドにとってそれほど大事ならば、もうこのままで構わない、ロークには好きなように思わせておけばいい――本心ではなかったが、こう考えることでこの数日間傷つけられつづけてきたライザの自尊心はかろうじて支えられているのだった。本当は、ただロークを苦しめたくないというだけだ。ロークのほうは今までさんざんライザを苦しめてきたのだから、ライザばかりが相手の心を気づかうのは馬鹿馬鹿しいようなものだが。

病院からの帰り道、ライザは慎重に車を運転した。島の道路は狭くてまがりくねっており、特にこのあたりは運転しにくかった。

ロークは、ちょうどライザがロビーを昼寝させに二階へ行こうとしている時に帰って来た。

ロークの姿を見たとたん、ライザは逃げ出したくなった。何を怖がることがあるの？　心の中で自分をしかりつける。

「ライザ……」ロークが近づいて来ると、唇がかわき、胃のあたりがひくつき始めた。ああ、どうしてこんなにだらしないのだろう？

「ライザ、話があるんだ」

「今はだめなの、あなたのお父様のお相手をすることになっているから。午後は横になっていなければいけないので、きっと退屈なさるのね」

意外にもロークは文句を言わなかった。その顔はむしろ緊張しているように見える。私にいったいなんの話があるというのだろう？

「それでは今夜は？　夕食のあとにでも」

「私たちの部屋で？」

「いや、それはだめだ！」ロークが即座に言った。

「書斎を使おう。書斎でも話はできる」

それはそうだけど、なぜあの部屋を使いたくないのかしら？　どうしてあんな怒ったような言い方をするのかしら？　だがライザは考えるのをやめた。ロークのことを考えだしたら、夜になる前に神経衰弱におちいってしまうだろうから。

　ライザが顔を出すと、リーはいつもながらのうれしそうな表情をうかべた。その顔色からしても、今日は少しは体調がいいようだ。

「ロビーがジェイムズ先生の所に連れて行かれたと言っていたよ」ライザがドアをしめると、リーはにこにこして言った。

　ライザは笑い声をあげた。「そうなんです。予防接種を受けさせなければならなかったものですから。こちらに来るのが急だったので、全部すませて来る暇がなかったんです」

「あの子はいい子だよ、ライザ。よく一人であそこまで育ててくれた、若いのに……。そう、結婚するにはまだ若すぎたんだ。あの時ロークにもそう言ったんだが、あいつは君をほかの男にとられるのが怖かったんだろう。私が結婚を許さなければよかったんだ。本当に君にはすまないことをしたね」

「謝っていただくことなんか何もありませんわ」ライザはやせたリーの頰にそっとキスする。「私だってロークと結婚したかったんですもの。それに今はそんなことより早くよくなっていただきたいですわ、ロビーのためにも……。私、ロビーにこういう家族との触れあいを持たせてやりたかったんです」

リーは心を動かされたらしく、しばらく黙りこんでから声を震わせて言った。「できるだけのことはするよ。今は何も約束できないが、できるだけのことはする」

「お気持だけで十分ですわ」

数分後、ライザはリーに少し眠るよう言いおいて部屋を出た。もしリーが手術を受けられるようになったら……それを無論ライザも願っているのだが、現実にその時が来たら自分たちはどうなるのだろう。

ライザは吐息をついて部屋に戻り、ロビーがまだ寝ているかどうかつづき部屋のドアをあけた。が、ベッドがもぬけのからになっているのを見た瞬間、心臓が止まりそうになった。折よく部屋に入って来たケイスに声をかける。「ケイス、ロビーを知らない？」

「ローク様が浜にお連れになりましたよ。ヘレン様がお見えになって、ダイビングに連れて行けとローク様におっしゃって」

それじゃ、ロークはヘレンとダイビングに行くのにロビーを連れて行ったのね！　ダイビングならあの入り江に違いない。ライザはわが子を心配する母親らしく、まだ胸をどきどきさせながら心を決めた。自分も入り江に行って、子供を見張るくらいは構わないだろう。ロビーは水が大好きだしロークが一緒なら心配ないとは思うが、それでも一応……。

ライザは十五分足らずで浜に着き、ロークのジーンズやロビーのショートパンツ、靴などが脱ぎ捨てられてあるのを確認すると、額に手をかざして海を見渡した。入り江はさんご礁に取り囲まれており、そのさんご礁よりこちら側はまるで池のように波がなく穏やかだった。時おり寄せてくる波も、銀色の砂浜をそっと洗う程度だ。

　だが遠くでは絶え間なく波がさか巻き、さんご礁に当たって大きく砕け散っている。ロークはロビーをどこまで連れて行ったのだろう？　ライザは七歳の時にロークにさんご礁のすぐ先まで連れて行ってもらい、ダイビングを教わったことを思い出した。海底の世界にはライザもすっかり魅了されたものだ。ライザはもう一度、日ざしのまばゆさに目を細めながら海を見渡した。その時さんご礁のそばに動く人影が見えたような気がした。まさか、あんな遠くにまで連れて行かれたわけではあるまい？　ライザの心に恐怖が襲いかかってきた。ロビーはまだ五歳だ。あんな所まで行くには幼すぎる。

　ライザは必死に気持を落ち着けた。私は心配しすぎなのではないか？　ロビーの冒険心の芽をつみとることになってしまうのではないか？

　見ているうちに不意にヘレンが海面にうかびあがり、水中から突き出ているさんご礁の上に立った。さんごはかみそりの刃のように鋭く危険なものだ。昔、その怖さを知らずにさんご礁の上でふざけまわってロークにひどくしかられたことがある。

　ヘレンだってそういうことはよく承知しているはずだと思いながらも、突然ロビーが彼女のそばへと這《は》い上がろうとしているのを目にした時には、ライザの心臓は口からとび出しそうになった。そんなことをしては危険だと叫んでやりたいが、この距離では声が届くはずもない。ロークはどこ？　どうしてロビーを見ていてくれないの？　ああ、早くロビーを止めて！　そう思った瞬間、ロビーが足をすべらせたように見えてライザの心は凍りついた。どういう加減ですべったのかはわからない。ヘレンはすかさず手をさし出してロビーを助け起こそうとしたようだったが、その時にはもうロビーは後ろ向きに海の中へと倒れこんでいた。ライザは激しい恐怖にかられて無我夢中で走り出し、ロビーが沈んだあたりに向かって狂ったように泳ぎ始めた。

　十メートルも進まないうちに、ロークがロビーを自分の体で支えながら、力強くこちらに向かって泳いで来るのがわかった。

　ライザが浜に戻ると、ロークはライザに数秒遅れて泳ぎ着いた。口もきかずにライザを押しのけ、血で染まったロビーを砂の上に寝かせると自分のTシャツに手を伸ばす。

「さんごで腕を切った。多分、静脈だ」と言いながらシャツを裂き、その切れ端をロビーの腕にきつく巻きつけて止血する。ライザは呆然《ぼうぜん》として蠟《ろう》のように血の気のないロビーの顔を見守る。

　その時ヘレンが海から上がって来て、うんざりしたように顔をしかめて言った。「だからその子は置いて行こうって言ったのに」

「よせ、ヘレン」ロークはヘレンには見向きもせず、ライザに向かって言った。「先に屋敷に戻って、ジェイムズ先生にこれから行くと電話してくれ。もしかしたら輸血が必要になるかもしれない」

　ロビーが弱々しくまばたきしてライザをじっと見つめた。ライザは自分の腕にロビーを抱きしめてやりたかったが、やはりここはロークにまかせたほうがいいだろう。勢いよく立ち上がった時、ロビーがヘレンを見て責めるような口調で言った。「このお姉さんが僕を押したんだ……それで僕、腕を切っちゃったんだ……」

　ライザにはヘレンの反応を見届ける余裕はなかった。ロビーの傷が心配で、ひたすら屋敷に向かって走りつづける。内心ではロビーの言うとおり、ヘレンがわざとロビーを押したのだろうと確信していたが、どうせヘレンはそれを否定するだろうし、ロークもヘレンの味方をするに決まっている。

　病院に電話をかけ終えるころにはロークもロビーを抱いて屋敷に戻って来た。ライザは毛布を手に大急ぎで表に出て、車に乗りこんだ。ロークは運転席に、ライザはロビーを抱きかかえるようにして後部座席におさまり、車はすぐに発進した。ロビーの体は冷えきって、ひどく頼りなく感じられた。ライザは心配のあまり、吐き気がしそうだった。この青白い顔をして身じろぎもせずに横たわっている子供は私の子なのだ。私が自分のおなかを痛めて産んだ子なのだ。その大切な私のロビーが怪我《けが》をして、ひどく出血している。この子に万一のことがあったら……いや、そんなことは考えたくもない。今はとにかく早く病院に連れて行くことだ。

ロークもライザも病院に着くまでほとんど口をきかなかったが、一度だけロークがルームミラーに映ったライザの顔をちらりと見て、その頬に幾すじも流れる涙に気づき低くつぶやいた。「この子の父親は自分の子を君がこれほどまでに愛していると知ったら、さぞ得意な気持になるだろうな。僕の子供であっても、同じように愛情を注いでくれるかな？」

ライザは返事をする気にもなれなかった。ロビーはあなたの子だと、またいつもの議論をくりかえすのはうんざりだった。今はロビーをできるだけ早くジェイムズ医師にみせることしか頭にない。

病院では看護師たちが玄関先に待機しており、車が到着するとすぐにロビーを担架に乗せた。いたいけなわが子が連れ去られるのを見ると、ライザの胸はきゅっと痛んだ。

「心配しないで」

ライザはふり向きもしなかった。せいぜい気休めを言うがいい。ロークはロビーを自分の子だと思ってはいないのだから、ヘレンがロビーをどんな目に遭わせようとたいして気にもならないのだろう。

「そのへんに待合室があるはずだ。そこで座って待っていよう。コーヒーでも買って来る」

「どうぞお構いなく。私一人で待っています。あなたはヘレンの所に戻ったらいいわ――お二人のデートを台なしにするつもりはないの」

　だが、ロークはライザの肩に手をかけて自分のほうに向かせると、険しい目をしてすごむように言った。「君は僕を血も涙もない冷血漢だと思っていたいのかもしれないが、僕はどういうわけかロビーのことが気にかかるんだ。だから僕もここにいる」

「ロビーをあんな遠くまで連れ出すなんて軽率すぎるわ！」ついに言ってやった。ロークの日焼けした顔がみるみる青ざめてゆくのを見ると、ライザの胸はすっとした。

「ライザ、それは……」ロークが言いかけた時、ジェイムズ医師が近づいて来たので、ライザは彼がなんと言いわけするつもりなのかどうでもよくなった。

　ジェイムズ医師に取りすがるようにしてライザは尋ねた。「ロビーは、あの子は……」

「大丈夫ですよ」ジェイムズ医師は優しく答えた。「ただ、輸血が必要です。相当出血してますからね。ロークがいてくれてよかった」ライザの顔はふとゆがむ。そもそもロークのせいでこんなことになってしまったのだ。「看護師が案内しますから、準備をしてください」とジェイムズ医師はロークに向き直った。

　ロークは眉をひそめ、冷淡な口調で言った。「どういうことでしょう？」

「ジェイムズ先生はあなたとロビーの血液型が同じだということをご存じなのよ」ライザは急いで言葉をはさんだ。ロビーの身が心配で、ロークの気持に構っている暇はない。

「そうなんですよ」ジェイムズ医師は笑顔でうなずいた。「実のところ、私も今朝知ったばかりなんです。もちろん子供が父親の血液型を受け継ぐのは決してめずらしいことではないが、あなたたち親子の血液型はきわめてまれなものだから、この場にいてくれて本当によかったと思っているんです。病院にはまったくストックがないんでね。以前に、マイク・ピーターズがまず自分から献血を始めて輸血用の血液を集めて、今では島の住民の大半が献血してくれたおかげでだいたいの血液型はそろっているんですがね。ピーターズ君の血液型はごくありふれているから、それを保存しておいてもたいして益はないんだが、医師である限りは率先して注射針の痛みに耐えるべきだとその時、思ったそうなんですよ。それはともかく、二年前にあなたが港で怪我をした時に、それまでにあった分を使い果たしてしまい、それ以来あなたの型の血液は手に入らなかったんです」

　ジェイムズ医師の話にロークが大変な衝撃を受けたことは、その体が硬直したようにこわばったのでライザにもわかった。だが状況が状況だけに、ロークが打ちひしがれたような顔をこちらに向けてもライザには同情の気持も勝利感も起こらない。頭の中は、父親の血液が必要だというロビーのことだけでいっぱいだった。

「さあ」ジェイムズ医師がロークの肩に手をかけ、待っていた看護師のほうへとうながした。ライザは廊下を遠ざかって行くロークの後ろ姿に目をやる勇気が出てこない。ジェイムズ医師がまだそばにいることにも、穏やかな口調で話しかけられるまで気づかなかった。「心配いりませんよ。ロビーのことは私が保証します。すぐにここに連れて来たのがよかった。しかし、いったいどうしてあんなことに？」

　ライザは気もそぞろに、さんご礁の上で足をすべらせたのだとだけ答えた。

「それはロビーから聞きました。なんでも、しぶるロークにだだをこねて、さんご礁まで連れて行ってもらったとか。運の強い坊やだ。もしロークが冷静に応急処置をしておいてくれなかったら……」

「あの……まだロビーには会えないんですか？」ライザはじれったくなって、さし迫った声で言った。ジェイムズ医師のあとについて廊下を歩いて行く間も、緊張と不安がこうじてまるで雲の上を歩いているような、魂が体から分離してふわふわ漂っているような、奇妙な感覚を味わっていた。

ロビーは小さな病室で、複雑な輸血装置の機械をはさみ、ロークと隣り合わせのベッドに寝ていた。ロークは白いシーツの上に日焼けしたたくましい腕を伸ばし、じっとロビーを見守っている。

ロビーの青白い顔に少しずつ血の気が戻っていた。ライザはロビーだけを見つめていたので、ロークの顔に色濃く表れている苦悩の表情には気づかない。

ジェイムズ医師がライザの肩にそっと手を置いた。

「ほら、ロビーの顔に生気がよみがえってくるのがわかるでしょう？　ここに着いた時に精神安定剤を打っておいたんだが、なかなかたくましい坊やですよ。ここにかつぎこまれて来るのはこれが最後というわけにはいかないような気がしますね」

「それじゃ、また近いうちに献血しておいたほうがよさそうだな。次の時にも僕がそばにいるとは限りませんからね」ロークが言った。

「それがいい」ジェイムズ医師はうなずいて、ロークが起き上がれるように看護師に指示を与えた。

ロビーがわずかに身動きして目をあけた。ライザにはショックだったが、ロビーが最初に目で捜したのはロークの姿だった。

「ごめんなさい、パパ。さんご礁の上に乗ってはいけないとパパに言われたのに、言いつけを守らなくて」眠そうな口調で言う。

「いいんだよ、ロビー。痛い思いはしたけど、勉強になったね。これで、どうしてさんご礁の上にのぼってはいけないのかわかったろう？」ロビーがうなずくと、ロークはそっと言葉をつづけた。「さあ、少しおやすみ」

「目が覚める時にはそばにいてくれる？」

「いるとも。パパもママもロビーのそばにいるよ」

ロビーは小さく吐息をついてライザのほうを向き、母親のキスを受けると、だるそうな声で言った。

「もう大丈夫だよ」

ライザはロークやジェイムズ医師と一緒に病室を出たが、ロビーがまず第一に父親に声をかけたことが頭から離れない。ぼんやり廊下を歩いているうちに足がもつれ、ふらりと体が傾いた。すかさずロークの腕が伸びてきて支えてくれたが、彼のまなざしが気づかわしげなばかりでなく悲しげであるのを見ても、それがまるで夢の中の像のようにしか見えなかった。ロークの口早な質問に答えるジェイムズ医師の声をひどく遠くに聞きながら、ライザはずるずると暗闇《くらやみ》に引きずりこまれていった。

「ライザ！」

私の名が呼ばれている。でも、なんだか高圧的な口調だ。ライザは警戒してそっと薄目をあけた。今、自分が横たわっているのはロークと一緒の寝室のベッドの上だ。でも、どうして私がここにいるのだろうか？　ベッドの脇《わき》にはローク本人がたたずんで、私をじっと見おろしている。ライザは片手をそろそろと喉もとにやり、乱れた脈を探る一方で、自分の体が絹のネグリジェに包まれていることに気づく。誰が私をベッドに運び、着がえまでさせたの？　ローク？　そういえばロークの手にそっと服を脱がされたような気がしないでもない。ライザの頬は熱くほてりだす。

「ライザ、気がついているのはわかっているんだ。君に話がある」

「わかってるわ。お昼ごろにもそう言っていたわね」ライザの声はかすれている。

見るとロークは顔をしかめていた。「あの時はまだ……」

「まだロビーが自分の子だとは知らなかった？」

今こそロークが真実を知ったというのに、ライザの心は不思議なくらい平静だった。本当なら喜びに胸が高鳴ってもいいはずだが、なぜか気持は動かない。長い間ずっとロークに信じてほしい、本当のことを知ってほしいと思いつづけていたことが嘘《うそ》のようだ。不毛の期間があまりにも長すぎて、ライザの心は麻酔でもかけられたかのように無感覚になってしまっていた。今やっとロークに動かぬ証拠を突きつけてロビーは彼の子だと納得させたというのに、まるで傍観者のようになすすべがなかった。

「わかってくれ、ライザ！　僕は知らなかったんだ……どうしても信じられなかったんだ……」

ライザは顔をそむけ、ひややかな声で静かに言った。「もういいのよ、ローク。人を愛するには信じるということも必要な場合があるものだわ。あなたが私を信じられなかったのはあなたのせいじゃない。あなたは私たちの間にあったことを本当に思い出せなかったんですもの」

「ジェイムズ先生は、君が倒れたのは心労のせいだから少し休ませなくてはいけないと言っておられたが、僕たちには話し合いが必要だ。このままにするわけにはいかない」

「どうして？」この冷静さ、無関心ぶりには誰よりもライザ自身が一番驚いている。ロークが喉の奥でうなり声をあげたが、ライザは顔をそむけたまま言った。「あなたはロビーが自分の子だと初めて気がついたのかもしれないけれど、私には最初からわかっていたことだわ。だから、私にとっては何一つ変わっていないのよ、ローク」

「またあとで話し合おう」ロークはそう言って静かに部屋を出て行った。ロークがいなくなると、ライザは猛烈に眠くなった。もしかしたら精神安定剤を打たれたのかもしれない。

しばらくしてまたドアが開く音で目が覚めた。今度はロークではなく、ヘレンだった。ブルーの絹のスーツに身を包み、戸口からきついまなざしでライザを見つめている。

「ねえ、あなたの勝ちってわけじゃないのよ」ヘレンは部屋に入り、椅子に腰をおろして足を組むと、語りかけてきた。「ロビーが本当に彼の子供だったのだとわかっても、ロークはあなたのものになったわけじゃないわ。むしろ私たちには一層都合がよくなったのよ」ものうげな仕種《しぐさ》でスカートを撫《な》でているが、その目は勝ち誇ったようにきらめいている。

「都合がよくなったとおっしゃるけど、ロークが私と離婚してあなたと結婚できるようになったという意味なら、彼は五年も前からそうする自由を持っていたわ」ライザは穏やかに答えた。

「ええ確かにね。でもリーのことが気がかりだったのよ。リーは財産をあなたとロークとに分けるつもりだったけど、ロビーが現れたからあなたの取り分をロビーにまわした。これでロークは安心してあなたと離婚し、ロビーを引き取ることができるわ。孫がそばにいればリーも喜ぶでしょうし、ロークも財産のすべてを相続することになるし、ね？」

三十分後にケイスがミルクと果物を持って部屋にやって来た時、ライザは青い顔をしてぼんやり窓の外を見つめていた。

「どうなさいました？　坊ちゃまのことならもう心配いりませんよ。だいぶ元気になられました」

ロビーがだいぶ元気になった？　ライザは喉もとに鉛のかたまりをつめこまれたような気がした。ロークは私からあの子を取りあげようとしている。そのことを話したら、ケイスはなんと言うだろう？

ああ、リーに相談できたら——でも、あんなに弱っている病人に、とても相談などできはしない。いったいどうしたらいいの？　ライザの心は乱れに乱れる。今すぐ病院に行って、ロビーの無事を確かめたい。もしや、もうヘレンとロークにどこかへさらわれてしまったのではないだろうか？　ライザの目からはらはらと涙がこぼれ落ち、それに気づいたケイスが心配そうな表情でドアをあけ、外に向かって何事か叫んだ。間もなくロークが無表情に入って来た。ヘレンが自分たちの計画を私に告げたことをロークは知っているのかしら？　いや、多分知らないだろう。ロークは策士だから、わざわざ予告して私の警戒を招くようなことは喜ばないはずだ。

「少し落ち着けよ、ライザ。ロビーはすぐによくなる。ジェイムズ先生はロビーよりも君の体のほうが心配なくらいだと言っておられたぞ。きっと一気に疲れが出たんだろう。さあ、この薬をのみなさい」

厳しい口調で命令したが、ライザの表情を見て皮肉っぽく言いそえる。「別に毒をのませようってわけじゃない。ただの睡眠薬だ」

ライザは仕方なく錠剤を口に放《ほう》りこみ、ミルクでのみくだした。次第に暗闇が近づいてきて、のみこまれそうになる。ライザは必死に抵抗するが、目の前のロークの顔がだんだん遠くかすんできた。薬の力に屈してつぶりかけた目に、その顔がふとほほえんだように見えた。ライザの頭に最後にうかんだのは、なんとかしてロビーを守らなくてはならないということだった。ロークはもうヘレンのものになってしまったのだろうが、ロビーだけは絶対に取られたくない……。

恐ろしい予感が夢に忍びこんだのだろう、ライザは深いジャングルで目には見えないけれども何かひどく怖いものに追われ、無我夢中で逃げていた。

突然鋭い物音が恐怖を打ち砕き、われに返って暗くなった部屋の中をじっとうかがう。唇はかわき、心臓はまだどきどきしていた。

「大丈夫だよ、ライザ」暗がりの中からロークの声が響き、さっきの物音は彼がドアをあけた音だったのだとわかる。「君がうなされていると言ってケイスが呼びに来たんだ。何か飲むかい？」

「ジュースをお願い」喉がからからだった。きっと薬のせいだろう。「ローク、ロビーは……」

「元気だよ。二、三日で家に帰らせてもらえるそうだ」

〝家〟とか〝帰る〟とかいった言葉を聞くと、ライザの心は切ない痛みにうずきだした。ロークに出て行ってくれと言いだせず、大きなベッドの上でもじもじする。ヘレンの話を聞くまではもうどんな苦しみをも超越したような気がしていたのに、心はまたもやずたずたに切りさかれ、ロークの胸に身を投げかけて泣きたいほどだった。だが、そんなことをしてもなんの慰めにもならないことはわかっている。ロークは私を愛していないばかりでなく、私からロビーを奪おうとしている張本人なのだから。

「ほら、ジュースだ」

いつの間に取って来たのかロークがジュースのグラスをさし出したが、受け取るライザの手はぶるぶると震え、あやうく中身がこぼれそうになった。

ロークがさっと腕を伸ばし、ライザの背を支えて起こしながら、もう一方の手でグラスを取って飲ませてくれた。

「ライザ、僕たちは話し合わなくてはならない」

ライザは反射的に体を硬くした。

「何を話し合うの？　私たちには何も話し合うことはないはずだわ」突き放したような言い方だ。

「ロビーのことだよ。ロビーは僕の子だ」

「そうよ、あの子は最初からあなたの子だったわ。

でも以前は、あなたはその事実に目もくれなかったわ！」

月あかりの中でロークの顔がこわばるのがわかった。彼が口を開きかけた時、ドアがあいてケイスが顔を覗《のぞ》かせた。

「お加減はいかがですか？」

「ええ、もう大丈夫よ」

「ローク様がそばにおいでになれば、すぐによくなりますよ。お小さい時からそうだったわ。ころんでも病気で伏せっても、ローク様がキスするとすぐ元気になられたものですよ」

ケイスは笑いながら出て行ったが、ライザは胸がしめつけられたように黙りこんでいた。ロークはじっとライザを見つめ、その顔に手をやってほつれた巻き毛を優しくかきやった。

「昔、君は僕を尊敬してくれていた。今、君は僕を許せないでいる。だが、僕は今ならもっと上手にキスをしてあげられると思うんだ」そのかすれた声の底に祈りにも似た切実さがこめられているのをライザは認めまいとする。

「もう遅いわ、ローク。五年は長すぎたのよ」ロークに背を向けて、つれなくライザは言い放った。

ロークが部屋を横切ってドアに向かう気配がした。

「そう言われても仕方ないのかもしれないが、どういうわけかもっと素直に応《こた》えてくれるものと思っていた。君の看病はケイスにまかせて、僕は退散しよう。おやすみ、ライザ」苦渋のにじんだ口調で言うと、ロークはゆっくりと出て行った。

ライザは声をあげて泣きたかったが、涙は出てこない。もう涙も涸《か》れ果ててしまったのだろう。とにかく、なるべく早くロビーを連れて島を出る方法を見つけなくてはならない。セント・ルシア島に渡ればあとはどうにかなるだろう。そうだ、小型飛行機をよこしてもらうのだ。ロークが仕事で必要としている、とでも言えばいい。明日病院に行って、ロビーがいつ退院できるかきいて来よう。誰にも邪魔はさせない。必ずやロビーと逃げおおせてみせる！

10

これから病院に行って来るとライザが告げた時、ケイスはかぶりを振るばかりで止める手だてを知らなかった。ロークは仕事の関係で港へ行っている。ライザは使用人に頼んで、車で病院まで送ってもらった。

ロビーは母親の顔を見てたいそう喜んだが、その小さな口から出てくるのはロークのことばかりだった。父親とはもう二度と会えなくなるかもしれないということを知ったら、ロビーはどういう反応を示すだろう？　ライザを恨むだろうか？　そうだとしても、この子をロークに渡すわけにはいかない。

ジェイムズ医師の話では、ロビーの退院は二、三日先になるが、ライザが会いに来る分にはいつでもどうぞ、ということだった。「それより、あなたの具合はいかがです？　少し神経を休めなくてはいけませんよ」ジェイムズ医師は優しく言った。

「大丈夫ですわ」ライザは医師の心配を一蹴《いつしゆう》する。本当に大丈夫な状態に戻るにはロークの愛情が一番の薬なのだが、それを望むのは空の月を得ようとするようなものだった。

病院を出たところで、ロークが通りを横切ってこちらに向かって来るのが目に入った。ライザは心が不安定なまま彼と顔を合わせるのがいやで、とっさに向きを変えた。が、まばゆい日ざしが目を射て車のクラクションが響いたかと思うと、みぞおちのあたりに何かがぶつかり、そのまますべてが霧の中に包みこまれてしまった。

気がついた時には病院のベッドに寝かされていた。苦笑をうかべたジェイムズ医師の顔が目の前にある。

「まったく何を考えていたんですか？　この島では車が道路のどちら側を走るか忘れていたようですね？」

そう、ロークの姿を見た瞬間、逃げることばかりが頭を占めて周囲を見なかった。

「すみません……。私、何かにぶつかったんでしょうか？」震える声で尋ねる。

「何かじゃない、ロークですよ。彼は持ち前の反射神経で車の前にとび出して行ってあなたを押しのけ、自分が車の盾になったんです。あなたはご主人に命を助けられたんですよ」

「あの……ロークは無事なんですか？」ライザは体を震わせながら尋ねた。

「腿に大きなあざを作っただけで無事ですよ。ただ、頭を打っているようなので、少し様子を見たいと思います。後遺症が出るかもしれないし——脳震盪《のうしんとう》というやつはおかしなものでね」

「わかりますわ」ライザは弱々しくほほえんだ。脳震盪の恐るべき影響についてはいやというほど知っている。

ジェイムズ医師はロークに会いに行ってもいいと言ってくれたが、まだ鎮静剤で眠っているということだった。ライザは島の人々によって情報が伝わる前に家に帰ってリーを安心させたいと言い訳して、病院を辞去した。

リーは書斎におり、ライザが事故のことを話すと一瞬青ざめたが、すぐに安心してくれたようだった。リーにだけはロビーを連れてイギリスに帰ることを言っておいたほうがいいと思いつつ、結局は言いだせない。イギリスに落ち着いたら手紙を書けばいいだろう。リーに心配をかけるのは不本意だが、ロビーを失うわけにはいかなかった。

書斎を出る時、本棚に何冊か並んだ見覚えのある背表紙が目を引いた。私がさし絵を描《か》いた本だ！ それがどうしてここにあるのだろう？ ライザの視線に気づいて、リーが静かに言った。「ロークが買い集めたんだよ――君がさし絵を描いた本は全部」

「ローク様をお見舞いするのに、ドレスに着がえなさらないのですか？」ジーンズ姿で髪をくしけずるライザに、ケイスが不満顔で尋ねた。

「私が何を着ようとロークは関心ないと思うわ」ライザがつっけんどんに答えると、ケイスはやれやれというように首を振った。

今度は病院までライザが自分で運転した。ジェイムズ医師は、もうロビーは大丈夫だと言った。「明日か明後日《あさって》には退院できます。今日は朝からずっとロークが付きそってましたしね」それ以上は何も言わなかったが、ライザが少しもロークのことを尋ねようとしないので、ちょっとあきれたような顔をする。ライザはいつセント・ルシア島に連絡を取ろうかということで頭がいっぱいだった。ほかの人に知られないように屋敷から電話をして小型飛行機の手配を頼み、時間になったら何か口実をつけてロビーと一緒に屋敷を出て行けばいい。荷物は置いて行くほかないだろう。荷造りなどしていたら、誰かに怪しまれるかもしれないからだ。

ジェイムズ医師がまだ自分をじっと見ているのに気づき、ライザは急いで言った。「ええ、もちろん主人に会って行きますわ。まだ面会できないのではないかと思ったもので」

「彼には彼の考えがあるらしく、ベッドにじっとしていないんですよ。それでも私が覚悟していたよりはずっとおとなしいものですがね。脳震盪の後遺症に大変な興味があるみたいでね、記憶の欠落を引き起こすことがあるとは知らなかったと言っていましたよ」

ジェイムズ医師は明らかに何か勘づいているらしく、かまをかけるように顔を覗《のぞ》きこんできたが、ライザはしらをきった。

「それじゃ、私はロークに会って来ますわ。病室はどこでしょう？」

「その廊下の左側の一番手前です」

ドアはあいており、近づいて行くと中から話し声が聞こえた。ロークとヘレンの声だった。立ち聞きはいやだがなんの話をしているのかが気にかかり、ライザはためらった。

「僕の考えは話してあるはずだ。もう何度も言ったとおりだよ、ヘレン……」ロークの硬い声。

ライザはヘレンの返事を聞かずにその場を離れた。話題がなんであるかはわからないが、夫が愛人に話しかける声を立ち聞きしている自分が不意にいやになったのだ。二人は口論しているようだったが、その口論がどういう形で終わるか想像はつく。ロークがヘレンを抱きすくめ、その唇を自分の唇でふさいで反論を封じてしまうのだろう。ライザは昨日のリーの言葉を思い返した。私がさし絵を描いた本をロークが買ったのはなぜだろう？　私に対する怒りと憎しみをいつまでも忘れないため？

病院を出ても、まっすぐに屋敷に帰る気にはなれなかった。考える時間が――計画を検討する時間が必要だった。道に車を止めると海岸に出て、そよ風が椰子《やし》の木々を揺らす音に耳を傾けながら砂浜を歩いた。きっと何キロも歩いたに違いない。車に戻った時には腿の筋肉が重く痛み、足が棒のようになっていた。しかも、あたりには夕闇《ゆうやみ》が忍び寄っている。この島では日の暮れるのが早いのだということをライザは忘れかけていた。エンジンをかける前に沈んでいく真っ赤な太陽を眺め、この景色を見ることはもう二度とないのだと心に言いきかせる。

ライザはセント・マーティン島を愛していた。この島の静けさと素朴さが好きだった。ロンドンは自分とロビーが生きていくだけのお金を稼ぐ場所にすぎない。ああ、ロビー！　ロビーをこの島から引き離す権利が私にはあるのだろうか？　罪悪感が胸にうずいたが、ライザはすぐに自分をなだめにかかる。権利はあるに決まっている。私は母親なのだ！

屋敷に戻ると、リーは出かけており、ケイスも村の親戚《しんせき》の家に行ってやはり留守だった。ライザは少し食事をしなくてはいけないと思った。昼食もろくに手をつけなかったのだ。しかし食欲はなく、まっすぐ部屋に行ってシャワーを浴びることにした。さっぱりしたところでしばらく読書でもすれば、少しは気持が休まるだろう。体じゅうの筋肉が凝っているばかりでなく、神経も張りつめていた。

寝室のドアをあけたとたん、ライザは室内の雰囲気が普通でないのを感じ取ったが、その理由に気づくより早く、足が中に入っていた――中に入って、ベッドの上で上体を起こしたロークと顔を合わせていた。彼の顔は怒りにゆがんだ恐ろしい形相だった。

「いったいどこに行っていたんだ」口調だけはやんわりとささやくように、ロークが言った。上半身は裸で、よく日焼けしたそのたくましい体を見るとライザの背筋を戦慄《せんりつ》が走りぬけた。

「ローク！　どうしてあなたがここにいるの！」ライザは険しい顔をして、投げつけるように言った。その言葉の底にひそむやみくもな絶望感をロークが聞き逃さなかったのは、そのまなざしでわかった。

「ジェイムズ先生に、もう帰っていいと言われたんだ」言いながらロークは腰から下にかけてあった毛布を勢いよくはねのけた。自分が上から下まで裸だということを忘れているらしい。

ライザは慌てて目をそらし、ロークのガウンを探して周囲を見まわしながら、かすれた声で言った。

「まだ起きてはいけないわ、ローク」

「そう思うんなら、いい加減僕から逃げまわるのはやめてちゃんと話を聞けよ！　僕が真実を知ってからというもの、君は僕を避けてばかりいた！　どうしてなんだ、ライザ。とうとう君の主張が正しかったことが証明されたんだ、得意になって僕をやりこめに来るかと思ったのに。そうだ、もう一つ、君が僕をやりこめられる理由が出てきたよ」ロークの口調は邪険だった。「車にぶつかった時のショックで、僕はすべてを思い出したんだ。うまくは言えないが、まるで映画でも見るように、一連の出来事が脳裏によみがえったんだ。すっかり思い出したんだよ」重い吐息をつく。「何もかもだ」

彼の声音にあやつられたかのように、ライザは思わずロークの顔を見た。その目には苦悩の色がいっぱいにたたえられ、顔全体が引きつったようにゆがんでいる。突然ライザの心にいとおしさがあふれた。確かにロークの言うとおり、私は彼をやりこめてやるのが本当だろう。せめてこの機会を利用して、ロビーを引き取るのは断念するよう高飛車に言ってやるくらいのことは当然だろう。だが気がついた時には、まるで慰めを求めてふところにとびこんで来たロビーに対するような優しい口調でそっと言っていた。「記憶を失ったのはあなたが悪いんじゃないわ、ローク」そうしてロークの体がぐらついたのを見て近づくと、無理にもロークを寝かせようとした。ところがロークはめまいを起こしたわけではなかった。それどころか両腕をしっかりとライザの体に巻きつけ、その肩に顔を埋《うず》めて熱い唇を押し当ててきた。

「思い出したんだ……、ライザ」くぐもった声でつぶやくと、今度は首すじに唇をつけた。苦しみと情熱がないまぜになったロークのうめき声を聞いた瞬間、ライザが彼との間に築いておいたつもりの障壁はくずれ落ちた。

いつの間にかライザもベッドの上に横たわり、ロークのせっぱつまったあえぎを聞きながら目を閉じていた。ロークの震える手がもどかしげにライザのTシャツを脱がせ、ジーンズのファスナーを下ろし、下着を取る。素肌に熱い手のぬくもりを感じると、胸の奥深くにしまいこまれていた狂おしい情念が目を覚ました。

ロークの肌は焼けつくように熱く、暗闇の中できらきらと輝くターコイズ・ブルーの目はやがてうっとりと閉じられた。部屋が、二人の声にならないため息で揺れる。

ロークがふと頭を起こし、闇をすかしてじっとライザの体を見つめた。ライザの心臓は妖しく高鳴って、もう何も考えられなくなる。わかるのは、私がこの男性を愛しているということだけ……そう、私はロークを全身全霊で愛している。

「ここも思い出した」ロークはそっとささやいて、ふくよかな胸の谷間に上気した顔を埋めた。「どうしようもないほど君がほしかったことも、君が優しく僕を受け入れてくれたことも、全部思い出したんだよ。だが僕は、自分で立てた誓いを破ってしまった僕自身がどうしても許せなかった。君は十七歳になるところだった……」まったく無防備なその表情の中で目だけをきらめかせ、大きな吐息をつく。

「ああ、僕は君がほしくてたまらなかった……そして、その欲望に負けてしまった自分がいやでたまらなかった……。だから思い出すことができなかったんだよ。だが、そんなことはなんの言い訳にもならない。ピーターズとのことを誤解して、君をひどく責めてしまった……。実を言うと、僕は最初から彼に嫉妬《しっと》していたんだ。ピーターズと一緒にいる時の君は楽しそうだったし、二人がバンガローにいるところを目撃した時にはてっきり……」

「マイクは医者として私の体を診察してくれたのよ。結局、彼が心配したとおり妊娠しているとわかって、あなたにきちんと話すよう忠告されたわ。でも私、なかなか言いだせなくて……」

「結婚式の日にやっと言えたと思ったら、僕は耳も貸さなかったというわけだね。僕には信じられなかったし、信じたくもなかったんだよ。だが、その報いは大きかった……」

　ロークの自己嫌悪が痛いほどわかって、ライザの心は深い同情の念でいっぱいになった。愛があれば相手のあやまちをすべて許せるというのは本当かもしれない。ロークが言っていたように、かつてのライザはロークを崇《あが》めたてまつっていたが、今は対等な立場で愛している。だがロークのほうは私を愛しているわけではない。たとえどれほど私の体を求めようと……。

「ライザ」ロークのため息がライザの肌にかかった。

「僕には君の許しを請うことすらできない。あんな無法な仕打ちを受けたら、どんな人だって許す気持になれるわけがない」ロークの体が小さざみに震えているのを見ると、ライザは母性愛に突き動かされ、思わずロビーを抱くようにロークを抱きしめて、慰めの言葉を探した。が、すぐに抱きしめた相手がロビーではなく、自分が無性に求めていた愛する男なのだと気づく。ロークはライザの腕の中で身動きして、低くつぶやいた。「お願いだ、ライザ、僕は石でできているわけではないんだよ……」

それはライザも同じだった。今宵《こよい》は一晩じゅうこうしてロークを抱いていたい、そして島を去る時はこの思い出も持って帰りたい……。ロークの切なげな声を聞いても、ライザは体を離すどころか逆にその肩に唇を這《は》わせ、挑発するように背筋を撫《な》で上げた。ロークは言葉にならないつぶやきをもらしながら体を硬くしたが、目に暗い光をたたえて熱っぽくライザを見つめた。

ライザはかつての少女ではない。淡い月の光に照らし出された美しい裸身は、あなたのものになりたいとロークにささやきかけていた。二つの唇がゆっくりと重なり合い、二人の鼓動が一つにとけ合った。ライザは気の遠くなりそうな喜びにわれを忘れて、ただひたすらロークにしがみついていた。ロークも激情を抑えきれず、しなやかなライザの体のあちこちにくちづけをしるしてゆく。

もうあと戻りはできなかった。いや、あと戻りなどしたくもなかった。ロークが体を重ねてくるとライザはその背に爪を立て、弓なりに体をしならせて情熱の証《あかし》を受け入れた。二人の口から同時に熱いうめき声がほとばしった。

甘美な余韻が少しずつ遠ざかり始めた時、ライザはロークのたくらみを思い出し、自分のしたことを後悔した――自分自身のためではなくロビーのために。そう、ロビーのために私はもっと強くあらねばならなかった……。

ロークはライザを放したがらなかった。まるで体を離すことに耐えられないかのように、じっと全身にからみついている。ライザが身動きしようとすると、その腕に力がこめられた。

「だめだよ」ライザの肩に軽く唇を触れ合わせながら、かすれた声でささやく。「君を手の届かないところにやってしまうのは、もう二度とごめんだよ、ライザ」

「ヘレンがなんて言うかしら？」ライザの口調は辛《しん》辣《らつ》だった。「あら、気にしなくていいのよ」ロークが口を開くより先にたたみかけるように言う。「私、知っているの。あなたが私と離婚して、お父様の財産を全部継ぐためにロビーを引き取るつもりでいるってこと。でも、そうはいかないわよ。お望みとあらば離婚はしてあげるわ、でも……」

「離婚だって？」ロークは片肘をついて体を起こし、まじまじとライザの顔を見た。「いったいなんの話だい？　僕が離婚なんかするつもりのないことは君だって十分承知のはずだろう。子供が生まれようが生まれまいが、とにかく帰って来てくれってあれほど手紙に書いたじゃないか。五年の間、僕はかたときも君を忘れたことはなかった。本屋で偶然君の本を見て、ずいぶん買い集めたものだよ。君に会いたくて、君が憎くて、毎日毎日がたまらなかった。僕の記憶喪失についてはジェイムズ先生とも話したが」と、ロークは急に話題を転じた。「彼は、やはり罪悪感のせいだと言っていたよ。多分そうなのだろう。僕が君を抱いたことを思い出せなかったのは、誓いを破ってまだ子供だった君を強引に自分のものにしてしまったことを思い出したくなかったからなんだ。そうして君が嘘をついているのだとやみくもに思いこんでしまった」声が震えをおびて低くなる。「ああ、それを思うと僕は……」

「もう考えるのはやめて」ライザは優しく言った。

「僕は君への思いをどうしても断ち切れなかった。

親父《おやじ》が倒れて君に会いたがった時、僕はいいチャンスだと思った。君を連れ戻すには申し分のない口実になるからね。ああ、その君が今やっと僕の腕の中に帰って来たんだ。もう何があっても放すものか。君はどうして僕の手紙に返事をくれなかったんだ？　そんなに僕を憎んでいたのかい？」

「手紙は受け取っていないわ。学生時代にいた所は引きはらって、すぐに引っ越してしまったんですもの。昔あなたが口座を作ってくれた銀行にも一度も行かなかったわ。どうして私の居所がわかったの？」

「興信所を使ったんだよ。君の本を見せ、名前を教えただけで居所を捜し当ててくれた」

「本当に私に会いたかったの？　だってあなたは私が……」

「君がほかの男の子供を身ごもっていると思いこんでいたのに？」ロークの指先がライザの髪をまさぐった。「今の君には僕の気持がわかるだろう？　確かに僕は、君がその体をほかの男にささげたと思ってめちゃくちゃに荒れた。一時は本当に正気を失ってしまうのではないかと思ったくらいだった。だが、それでも愛さずにはいられなかった。愛していたから、君と離れていることには耐えられなかった……」

「私を……愛していた？」ライザの目が大きく見開かれた。

「信じられないのかい？　今こうして愛し合ったばかりだというのに？　まさか君だって僕と別れていた五年の間に、男という生き物についていろいろ学んだはずだ」やや皮肉めかした言い方だ。

「男の性について私が知っているのはあなたとロビーから学んだことだけだわ」ライザはすねたように言ったが、ロークの愛の告白から受けた衝撃は隠しようもない。胸が張りさけそうにときめき、体じゅうの血が熱くたぎる。「私……あなたはただ私の体がほしいだけなのだと思っていたわ。あのころの私は子供すぎてろくな話し相手にもなれなかったし、ヘレンにも私はあなたにとって欲望の対象にすぎないのだと言われたわ……。あなたが離婚を望んでいると言ったのもヘレンよ」

「君が姿を消して以来、ヘレンはずっと離婚のことを言いつづけていた。だが僕の気持はヘレンもよく知っているはずなんだ――今も昔も」

「ヘレンのこともあって、私は島から逃げ出したのよ。ヘレンは、あなたが私と結婚するのはただ私の体がほしいからであって、もしリーがいなかったら結婚までする気にはならなかったはずだと言っていたわ」ライザは顔をくもらせ、弱々しく言った。

「もしリーがいなかったら、僕はもっとずっと早くに君をレディ号に乗せていたよ。いずれにしても君と結婚したかった。その点を間違えないでほしい、ライザ。僕が案じていたのはいつだって君が僕をどう思っているかということで、僕の君に対する思いには疑問の余地すらなかった。ただ、まだ若くて愛の意味さえ知らない君を、いきなり快楽の世界に引きずりこんではいけないと思っていたんだ。いや、僕が君に喜びを教えてあげられるのはわかっていたさ」ライザの物言いたげな表情に気づいて、声に笑いが混じる。「実際、何度そうしたい誘惑にかられたことか……。だが、君にはやはり大人の女として僕を愛してほしかったんだ」

「それで今は？」ライザはためらいがちに尋ねた。

「今は君も立派な大人の女に成長し、僕は今でも君を愛し、切実に君を求めている。今でも君の胸に喜びをかきたててあげることができる。だが、それだけじゃいやなんだ。君の愛情もほしいんだよ、ライザ」まなざしがいつの間にか、ひどく真剣になっていた。

ライザは聞き違いではないかとロークの顔を見つめた。今でも私のことを愛している、ロークはそう言った。でも……。

しかし、ライザはだしぬけに抱きすくめられ、ロークが苦しげにささやく言葉を聞いた。「頼むからそんな目で見ないでくれ。僕の言うことが信じられないのは当然だろうが……」

いや、すべての誤解がとけたからには、ロークの言葉は真実として心にしみ入ってくる。

「信じられないなんて言ってないわ、ローク」ライザはそっとささやき返した。そう、ロークの愛を信じることは、自分の愛を信じることにも等しかった。

「あなたが私と別れてヘレンと再婚するつもりなのだと聞かされた時、私とてもつらかった。私にはずっとあなたしかいなかったのよ。ええ、私も今でもあなたを愛しているの、胸が痛いほどに」

「僕がヘレンをどう思っているか、本人もよくわかっているんだ――何度も話し合ってきたからね。それなのになかなかあきらめようとしない。だが、ロビーにさんご礁の上に上がって来るようそそのかした時には、さすがの僕も殺してやりたいと思ったよ」

「本当に彼女があの子を押し倒したのかしら？」ライザの声には躊躇《ちゅうちょ》があった。

「わからない。その可能性はきわめて高いと思うが、ヘレンはついに認めなかった。ただし僕も言うだけのことは言ってやったよ。あの図太い神経をもってしても、ヘレンはもう二度とセント・マーティン島には来られないだろう。それにしても怪我《けが》をしたロビーを見た時の君の顔といったら！　むろん僕だって心配だったんだが――不本意ながら僕はあの子がかわいくなっていたからね。それでも、君がほかの男の子供を心配するあまり死にそうに思いつめているのを見ると、胸をえぐられるような思いがしたものだ。だがその苦しみも、あの子が本当に僕の子だと知った時の衝撃に比べればまだましだった……」

ロークの顔は青ざめ、声は苦しげだった。

「もう過ぎたことだわ」ライザは慰めるように言った。「それに、私はあなたが真実を知ってくれてうれしかったわ。あの時は感覚が麻痺《まひ》してしまって、ロビーのこと以外何も考えられなかったけど」

「今は？」ロークはライザの喉もとに唇を押し当てたまま、穏やかな口調で言った。

「今はね、ロビーにおとらず大事なものを見つけたわ。それはあなたの愛よ、ローク。五年間、私はもうあなたのことなど愛していないのだとずっと自分に言いきかせつづけてきたわ。でも、それは嘘《うそ》だったの。玄関のドアをあけてあなたの姿を見た瞬間、嘘だったということがわかったの。あの時の私はあなたの腕の中にとびこんで行こうとする自分を押しとどめるのが精いっぱいだったわ」

「そして僕は、君を自分の腕の中に引き寄せないでいるのが精いっぱいだった」いとおしさを声にあふれさせ、ロークはつけ加えた。「でも、もう僕たちが抱き合うのを止めるものは何もない。そうだね？」

返事のかわりにライザはロークの胸に身をすり寄せ、あたたかなぬくもりをかみしめた。

ついに帰って来た。ここが、このロークの腕の中が、ライザのふるさと、ライザの永遠のすみかだった。長いさすらいの果てに探しあてたやすらぎが、今ライザを甘く包みこんでいた。

ハーレクイン®

ハーレクイン・ロマンス　1985年7月刊（R-399）

情熱は罪

2024年5月5日発行

著　　者　ペニー・ジョーダン
訳　　者　霜月　桂（しもつき　けい）

発 行 人　鈴木幸辰
発 行 所　株式会社ハーパーコリンズ・ジャパン
東京都千代田区大手町 1-5-1
電話 04-2951-2000（注文）
0570-008091（読者ｻｰﾋﾞｽ係）

印刷・製本　大日本印刷株式会社
東京都新宿区市谷加賀町 1-1-1

装 丁 者　高岡直子

表紙写真　© Andrii Borodai, Enlife, Wei Chuan Liu, Tomert, Sue A Mckenzie | Dreamstime.com

ISBN978-4-596-53985-4 C0297

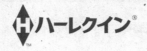

5月15日
発売

ハーレクイン・シリーズ 5月20日刊

ハーレクイン・ロマンス

愛の激しさを知る

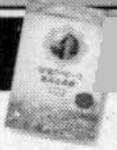

幼子は秘密の世継ぎ	シャロン・ケンドリック／飯塚あい 訳	R-3873
王子が選んだ十年後の花嫁 《純潔のシンデレラ》	ジャッキー・アシェンデン／柚野木　菫 訳	R-3874
十万ドルの純潔 《伝説の名作選》	ジェニー・ルーカス／中野　恵 訳	R-3875
スペインから来た悪魔 《伝説の名作選》	シャンテル・ショー／山本翔子 訳	R-3876

ハーレクイン・イマージュ

ピュアな思いに満たされる

忘れ形見の名に愛をこめて	ブレンダ・ジャクソン／清水由貴子 訳	I-2803
神様からの処方箋 《至福の名作選》	キャロル・マリネッリ／大田朋子 訳	I-2804

ハーレクイン・マスターピース

世界に愛された作家たち
～永久不滅の銘作コレクション～

ひそやかな賭 《ベティ・ニールズ・コレクション》	ベティ・ニールズ／桃里留加 訳	MP-94

ハーレクイン・プレゼンツ作家シリーズ別冊

魅惑のテーマが光る
極上セレクション

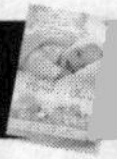

大富豪と淑女	ダイアナ・パーマー／松村和紀子 訳	PB-385

ハーレクイン・スペシャル・アンソロジー

小さな愛のドラマを花束にして…

シンデレラの小さな恋 《スター作家傑作選》	ベティ・ニールズ 他／大島ともこ 他 訳	HPA-58

文庫サイズ作品のご案内

◆ハーレクイン文庫……………毎月1日刊行
◆ハーレクインSP文庫…………毎月15日刊行
◆mirabooks………………………毎月15日刊行

※文庫コーナーでお求めください。